Ursula Priess

Hund & Hase

Liebesversuche

Roman

btb

MIX
Papier aus verantwortungsvollen Quellen
FSC® C014496

Verlagsgruppe Random House FSC® N001967
Das für dieses Buch verwendete FSC®-zertifizierte Papier
Munken Premium Cream liefert Arctic Paper Munkedals AB, Schweden.

1. Auflage

Satz: Uhl + Massopust, Aalen
Druck und Einband: GGP Media GmbH, Pößneck
Printed in Germany
ISBN 978-3-442-75605-6

www.btb-verlag.de
www.facebook.com/btbverlag
Besuchen Sie auch unseren LiteraturBlog www.transatlantik.de

Du schufst den Menschen für den Schmerz der Liebe
Für den Gehorsam hast du deine Engel

Khwādscha Mīr Dard (1721–1785)
Mystiker und Dichter in Delhi

Madjnun sah in der Wüste einen Hund;
Er gab ihm zu fressen und umsorgte ihn voller Liebe.
Woher, fragte man, nimmst du solche Liebe?
Durch Laylas Dorf, sagte er, lief einst der Hund.

Ruzbihan Baqli († 1209 in Schiraz)
Mystiker & Dichter

Und es schien, es könnte nicht mehr lange dauern,
bis die Lösung gefunden sei und ein neues, wunderschönes
Leben beginnen würde.

Anton Čechov
aus: Die Dame mit dem Hündchen

Von allem Anfang an hätte sie erkennen können, worauf es hinauslief. Schon an jenem Sonntagmorgen im April, kaum war sie aus der Haustür raus, fast sofort nach der Begrüßung seine erste Frage:

– Hast du Angst vor Kampfhunden?

Oder vielleicht hatte er gesagt:

– Du hast doch keine Angst vor Kampfhunden –

Sie jedenfalls verstand nicht, sondern fragte, wie er es meine.

– Weil so einer bei mir im Auto sitzt.

Ausgerechnet! Sie, die doch Hunde überhaupt nicht mochte; und nun sogar ein Kampfhund. Aber: sie ging drüber hinweg, ignorierte seinen todernsten Gesichtsausdruck, sagte lachend:

– Na ja, wenn der mir nicht zu nahe kommt.

Unbedingt wollte sie es heiter nehmen. Auf den Spaziergang hatte sie sich gefreut. Sie war neugierig auf ihn, den sie mehr als dreißig Jahre nicht gesehen hatte.

Wieder begegnet waren sie sich zufällig, im März, auf einer Vernissage. Plötzlich, zwischen Leuten hindurch, sah sie ihn – sie schaute von der Seite, von schräg vorne –, ja, er musste es sein!

Dass sie ihn überhaupt erkannte nach so langer Zeit. Sie

hatte ein Foto von ihm gesehen in einer Zeitung; zu einem Artikel, der sein berühmtes, neu aufgelegtes Werk aus den 80er Jahren würdigte als noch immer überzeugend und weiterhin aktuell.

So also sah er aus heute!

Seine Mimik, seine Gestik, der Tonfall, das Lachen – ob sie ihn ansprechen sollte? Nur weil sie damals in ihrer Studentenzeit etwas miteinander gehabt hatten, keine Liebesgeschichte, aber doch beinah eine –

– Sind Sie nicht Herr Sowieso?

– Ja, bin ich – und Sie?

– Ich bin die, die Sie damals unter dem Namen Anderswie kannten.

An jenem Sonntagmorgen im April, pünktlich um elf, klingelte er bei ihr an der Haustür, und sie, bereits in Jacke und Schuhen wartend, sprang die Treppen hinab und raus auf die Straße – und dann eben fast sofort die Kampfhund-Frage. Aber ihr anfängliches Befremden verflog schon unterwegs zu seinem Auto, das er in einer Nebenstraße geparkt hatte; schon mit den ersten Worten, die sie miteinander wechselten in jener Sprache, die ihrer beider Muttersprache war. Eine Sprache, die sie beide nicht mehr als Alltagssprache benützten, da sie beide jenes Land, das ihrer beider Vaterland war, vor Jahrzehnten schon verlassen hatten; zu unterschiedlichen Zeiten, wie sie nun feststellten, aus verschiedenen Gründen. Was für ein hübscher Zufall, sagten sie, dass wir nun wieder in ein und derselben Stadt leben, wenn auch einer sehr viel größeren als damals.

Die gemeinsame Sprache, die muss es gewesen sein. Fast sofort, kaum waren die ersten Worte und Sätze gesagt, zauberte sie jene erstaunliche Vertrautheit, als ob die Verbindung nie ganz abgebrochen sei. Eine Sprache, zu der sie beide längst ein zwiespältiges Verhältnis hatten, einerseits ein distanziertes aufgrund ihrer eklatanten Beschränktheit im Vergleich zur Hochsprache, und doch auch, angesichts ihres melodiösen Charmes und der emotionalen Möglichkeiten, ein zärtlich-nostalgisches. Und noch immer ging sie ihnen beiden ganz selbstverständlich über die Zunge, wenn auch nicht mehr völlig fehlerfrei.

Angekommen beim Auto, sah sie durch die Windschutzscheibe den Hund – und lachte:
– Wie klein der ist! Fast wie ein Hase. So also geruhen der Herr zu scherzen!
– Nahmst du es als Scherz?
Sein Blick übers Autodach, als er die Tür aufschloss, und wie er dem Hundchen, das wedelnd und winselnd auf dem Vordersitz herumtrippelte, nun über Kopf und Hals strich –
– Ich wusste ja nicht – ich dachte halt: wer weiß, ob sie Assja mag.
– Ja, du hast recht, eigentlich mag ich Hunde nicht.
– Assja, du musst nach hinten, die Frau fährt mit, obwohl sie dich nicht mag.
Und wieder lachte sie.

– Du lachst ja so nett über alles, was ich sage, sagte er später einmal, als sie wieder über einen seiner Scherze ge-

lacht hatte. Sonst sagen sie immer, ich solle meine dummen Sprüche lassen. Dir also gefallen sie.
Ja, seine Art zu scherzen gefiel ihr. Zwar ahnte sie den Abgrund dahinter, achtete aber nicht darauf, was sein Scherzen gleichzeitig meinte: Sieh dich vor! Dass sie selbst eines Tages in diesen Abgrund stürzen könnte, kam ihr nicht in den Sinn. Im Gegenteil, seine spröde, wortkarge Art reizte sie, forderte sie heraus.

Auf der Fahrt hinaus aus der Stadt fielen ihr die Briefe ein, die er ihr geschrieben hatte in ihrer Jugend. Wieder zu Gesicht gekommen waren sie ihr, als sie nach dem Tod der Mutter das Haus geräumt hatte. Briefe in einer sehr eigenen, sehr poetischen Sprache; darum hatte sie sie wohl aufbewahrt. Dann aber die Frage: Wie anders wäre ihr Leben verlaufen, wenn sie damals auf ihn eingegangen wäre und sie sich als Paar zusammengetan hätten? Nicht dass sie es wünschte, nur eben dass sie es sich fragte.
Sicher wusste sie nur, was nicht war damals.
Sie fragte, als er von der Stadtautobahn ab- und durch die Außenbezirke fuhr:
– Du fährst, so wie du hier jede Kurve zu kennen scheinst, wohl oft zu dem See hin?
– Ja, weil ich Assja um diesen See laufen lassen kann; fast auf allen Spazierwegen sonst muss sie an der Leine gehen.
Assja auf dem Rücksitz erhob sich, streckte, schwanzwedelnd, den Kopf zwischen die Vordersitze und legte ihre Schnauze an seinen Arm. Nein, er sagte nicht: Gell, du

freust dich! oder sogar: Gell, du hast verstanden, dass wir von dir sprechen! Nur einfach, wenn auch sehr zärtlich:
– Assja, sitz!
Dass er nicht reagierte, als ob das Tier ein Mensch sei, gefiel ihr.
Aber Assjas feuchtwarme Schnauze an ihrer Schulter, dann an ihrer Hand, kaum hatte sie sich ins Auto gesetzt –
– Nein, bitte nicht! Auch da »erklärte« er dem Tier nicht, dass sie, die Frau, es doch gar nicht so meine. So immerhin schien ihr möglich, einen Hund um sich zu haben; einen, dachte sie, der nicht den Platz eines Menschen einnimmt.
Auch im Wald, wenn Assja lospreschte, die Spur eines Hasen verfolgend oder eines Rehs, und verschwunden blieb, niemals schrie er hinter dem Hund her. Höchstens pfiff er einen Pfiff, den er »Spezialpfiff« nannte; den kenne Assja, darauf höre sie immer. Und als Assja einmal, trotz Spezialpfiff, nicht auftauchte, ging er ein paar Schritte zurück, um nach ihr Ausschau zu halten:
– Eigentlich soll ja nicht ich sie suchen, sondern sie mich. Sie muss schauen, wo ich bin, nicht umgekehrt, sonst läuft was schief.
Schließlich, nach langem, als Assja aus dem Unterholz heransauste, aus einer völlig anderen Richtung als erwartet, sich hechelnd vor ihn hinsetzte und mit schiefgelegtem Kopf zu ihm aufschaute, nein, auch da erteilte er keine »Lehre«, sondern ging einfach weiter, das Hundetier neben ihm her.
– Du liebst Assja sehr, stimmt's?

– Es ist doch schön, ein lebendes Wesen um sich zu haben, wenn man allein ist.
– Wie lange hast du denn Assja schon?

Dass sie überhaupt nach dem Hund fragte! Immer schon war ihr zuwider, wenn Hunde Gesprächsthema sind. Schau mal, was für ein Schlingel er ist! Oder wie nett oder lustig oder frech der nun wieder sie angeschaut habe, oder sogar, was er »sagen« wolle mit diesem oder jenem Blick und so weiter. Hatten die Menschen sich nichts anderes mitzuteilen?
Trotzdem sagte sie:
– Hunde haben mich nie interessiert, vielleicht weil ich keinen je so genau angeschaut habe. Aber ich muss zugeben, Assja ist ein ausgesprochen nettes Tierchen. Die glänzenden Knopfaugen –
– Teddybär-Augen.
– Und das glatte rostbraune Fell –
– Wie vom Eichhörnchen.
– Die schlanke Schnauze, die großen Ohren –
– Rehohren – von allem etwas!
– Ja wirklich!
– Und Assjas Schwanz, wie sieht der aus?
Was sollte sie sagen?
Er sagte:
– Wie von einer Ratte, oder nicht?
Sein verschmitztes Lachen dazu –

Aber dann, als Assja neben einem Baumstamm gekackt hatte und er einen Plastikbeutel aus seiner Jackentasche zog, mit einer Hand hineinschlüpfte und den vermutlich noch hundekörperwarmen Kot aufnahm, den Beutel mit der anderen Hand drüberzog, verknotete und zurück in seine Jackentasche steckte – wie groß muss Hundeliebe sein, um diesen Dienst so selbstverständlich leisten zu können. Andererseits: den eigenen Kindern den Hintern saubermachen und das volle Windelpaket entsorgen, nichts leichter als das. Trotzdem!
Den Kackbeutel warf er in einen speziell dafür bereitgestellten Behälter vor einem Wirtshaus am Ende des Sees, und Assja, nun angeleint, drängte zum Wassernapf beim Treppenaufgang.
Diese Wassernäpfe für durstige Viecher, die sie früher nie beachtet hatte, von nun an fielen sie ihr ins Auge, wo immer sie hinkam; auch noch, als von gemeinsamen Spaziergängen mit ihm und Assja längst nicht mehr die Rede war.
Damals, an jenem sonnigen Sonntagnachmittag im April, sagte sie:
– Eigentlich hätte auch ich Durst, und ein bisschen Hunger auch; wie steht es mit dir?
– Nein, gegen eine Rast spricht nichts.

Auf der Terrasse saßen sie sich gegenüber, schauten sich an, lächelten; schauten hinüber zu denen an den Nachbartischen, und hinab zum See, über dem schimmernder Frühlingsdunst schwebte; und wieder schauten sie sich an, verwundert, staunend, blinzelten in die zärtlich wärmende

Sonne, warteten aufs Bestellte – und unter dem Tisch, zwischen seinen Füßen, saß Assja.

– Hat Assja denn nicht auch Hunger? Die ist doch mindestens drei Mal so weit gelaufen wie wir, all die vielen Volten kreuz und quer durch den Wald?

Warum bloß fragte sie nun wieder nach dem Hund! Wollte sie wirklich wissen, wie oft oder wie selten am Tag ein Hund frisst? Hatte sie keine anderen Fragen an ihn?

Als endlich das Bestellte gebracht wurde, Flammkuchen, mit Speck und Zwiebeln für sie, mit Schinken und Käse für ihn, Apfelschorle für ihn, alkoholfreies Bier für sie, prosteten sie sich zu; und plötzlich, während sie das hauchdünne Gebäck auf dem riesigen Brett zu zerschneiden begann, streifte sie mit ihrem Blick seine Hände, die mit Messer und Gabel hantierten, seinen kauenden Mund, die schön geschwungenen Lippen, den Bart – wie grau der geworden ist! Silberweiß an den Schläfen und unterm Kinn; dunkelbraun und gelockt war er damals.

Er schaute auf. Ihren Blick schien er gespürt zu haben; sie fragte, ob er von ihrem Flammkuchen probieren möge, ob sie ihm ein Stück abschneiden dürfe. Worauf er ihr auch von seinem anbot.

Und wieder: Was wäre anders geworden in ihrem Leben, wenn sie auf ihn eingegangen wäre, damals vor Jahrzehnten? Was hätten sie sich gegeben, was angetan? Und was wäre daraus gefolgt?

– Schmeckt es dir nicht?

– Doch schon. Aber ich hab mich gerade gefragt, hattest du eigentlich immer einen Bart, dein ganzes Leben lang?

– Ja, immer.
– Du kennst dich selbst nicht ohne?
– Ein einziges Mal; von heut auf morgen war er ab, aber die Frau, mit der ich damals zusammenlebte, hat es gar nicht bemerkt. Nicht sofort.
– Ist es denn angenehm, so ein Bart im Gesicht?
Er schaute sie fragend an.
– Ich mein, braucht ein Bart nicht sehr viel Pflege?
Er lachte:
– Und wie ist es bei euch Frauen mit eurem langen Haar?

Bereits auf diesem ersten Spaziergang im April erzählte er ihr von den Frauen, mit denen er zusammengelebt hatte. Von der Mutter seiner Kinder, sie habe ihn gewaltsam am Weggehen zu hindern versucht. Von der zweiten, die ihn verließ, weil das Kind, das sie in die Beziehung gebracht hatte, ihn in seiner Ungebundenheit behinderte. Und die dritte, weil –
Nein, warum erzählte er ihr das alles! Was gingen seine Frauen sie an! Sie wollte es gar nicht so genau wissen; sie wollte ihn nicht bemitleiden müssen. Auch nicht die Frauen.
Und doch ahnte sie, während sie durch den Frühlingswald gingen, dass sie gut beraten wäre, genau hinzuhören, und es sich zu merken.

Sie gingen weit und immer weiter, die Sonne schien zwischen den silbergrauen Buchenstämmen durchs erste zarte Grün an den Zweigen, das trockene Laub vom Vorjahr raschelte um ihre Füße, Assja lief, mal näher, mal ferner, um sie herum, und sie beide – sie erzählten sich von gemachten Erfahrungen in ihren langen, je eigenen Leben, und was sie noch zu erreichen hofften. Und irgendwann dann fragte er, was eigentlich mit dem sei, dessen Namen sie heute trägt, ob es den noch gebe.

– Nein, den gibt's längst nicht mehr; aber über ihn will ich nicht sprechen. Kann ich nicht.

– War es so schlimm?

– Schlimmer als andere Ehen vielleicht nicht. Trotzdem: das Ehe-Thema ist tabu.

– Ein echtes Tabu?

– Ja, sagte sie; und lachte wieder.

Warum nur lachte sie ständig?

Zunehmend verwirrte sie seine körperliche Präsenz; und sein Blick, der nach dem fragte, was sie aussparte; und die seltsame Vertrautheit zwischen ihnen, obwohl sie doch kaum mehr wussten voneinander, als dass sie sich in ihrer Jugend einmal gemocht hatten, unterschiedlich gemocht.

– Ich kann dir aber erzählen, falls du es hören willst, was wir, jener Mann und ich, aufgebaut haben; und von den Kindern, alle natürlich längst erwachsen, was die so machen in der Welt. Mehr aber würde mich interessieren, mit dir übers Altwerden zu sprechen, über das nahende Alter, wie du damit umgehst, und über den Tod.

– Zwanzig Jahre lang war ich fünfundvierzig, dann, ganz plötzlich, bin ich ins Alter gestürzt; jetzt bin ich ein alter Mann.

Was der Anlass für diesen Sturz war, fragte sie nicht; dass es

mit dem Fortgang seiner letzten Partnerin zusammenhing, nahm sie an. Sie sagte:
– Ich seh dich nicht als alten Mann. Im Gegenteil. Zwar etwas knorrig, aber das warst du doch schon damals.
– Schön, dass du es so siehst!

Die Luft, als sie den See umrundet hatten, war noch immer lau und mild, die Sonne, orange-golden jetzt und tiefer stehend, schimmerte noch immer zwischen den Baumstämmen, und zwischen ihnen beiden hielt sich weiterhin jene heitere Unbestimmtheit, die alles möglich scheinen ließ; und kurz bevor sie den Parkplatz erreichten, stellten sie fest, dass sie es beide nicht eilig hatten, zurück in die Stadt zu fahren, und beschlossen, noch einmal einzukehren.
Sie schaute in die Speisekarte, schaute auf zu ihm, sah die erstaunliche Bläue in seinen Augen und seinen fragenden Blick; sie fragte:
– Wollen wir uns ein Kuchenstück teilen?
Noch immer sein fragender Blick, und sein Lächeln. Aber er sagte nichts.
– Ich meine, weil hierzulande die Kuchen doch bekanntlich dick und groß sind.
Sein Zögern; sie versuchte es anders:
– Hierzulande gibt es ja leider nicht so feine Patisserie wie dort, wo wir, lang ist es her, aufgewachsen sind.
– Gut, teilen wir ein Stück!
Naheliegend, dass sie nun über hiesige und dortige Sitten und Unsitten des Essens sich amüsierten, auch über sonstige Eigenarten hier und dort. Und schließlich gestanden

sie sich, wie sehr ihnen beiden behage, hier nicht dazuzugehören und dort auch nicht ganz, sondern hin und her zu können, ohne Gefahr, irgendwo »anzuhocken«, wie er es nannte.

– Was würdest du wählen, fragte er: Nie mehr in unser kleines Land zurückkehren dürfen oder für immer drin bleiben müssen, ohne je wieder rauszukönnen?

– Na, was wohl!

– Schön, in dieser Frage immerhin sind wir uns einig.

– Aber nun zur Kuchen-Frage: Welchen nehmen wir? Mit Aprikosen, oder magst du lieber mit Heidelbeeren?

– Entscheide du!, sagte er.

– Mir ist beides recht, sagte sie.

– Du darfst doch auch wünschen!

– O wie schön, ich darf wünschen, das klingt ja fast wie im Märchen.

– Solange wünschen hilft, ja, wie im Märchen.

– Du meinst, solange ich den Heinzelmännchen keine Erbsen streue –

Sein Lachen nun; und ihr Schreck, den sie zu überspielen versuchte, indem sie ebenfalls lachte. Aber gleichzeitig fragte sie sich, warum sie das mit den Heinzelmännchen gesagt hatte; und des Fischers Frau fiel ihr ein, die so lange wünscht, bis sie wieder in ihrer alten Hütte sitzt, im Pisspott von vordem.

– Heute wünsche ich mir, obwohl Aprikosen ja eigentlich meine liebsten Früchte sind, mal was anderes.

Emilia Romagna. Frühling

Ursina steht in der Haustür, eine Hand am Tür-Knauf, mit der anderen vergewissert sie sich, dass sie den Schlüssel eingesteckt hat – früher schloss hier in Collalta niemand ab, auch nachts nicht. Heute ist das nicht mehr möglich; zu viele sind weggezogen, zu viele Neue gekommen, fremde Vögel aus fremden Ländern.

Ursina zieht die Haustür hinter sich ins Schloss – all die Saisonniers aus Rumänien und Albanien, die heute die Arbeit tun; für wenig Geld, falls sie überhaupt welches sehen; trotzdem, vom ganzen Balkan kommen sie herüber. Und auch die Sommergäste! Früher interessierte sich niemand für die leer stehenden Häuser der Ausgewanderten; dann plötzlich kamen sie, aus der Schweiz, aus Frankreich, aus Österreich, haufenweise auch aus Deutschland, und kauften noch den letzten Stall. Und all jene, die fürs Wochenende aus den Städten heraufkommen, wenn unten in der Poebene die Hitze zu groß ist.

Ursina geht die paar Stufen vor dem Eingang hinab, schaut über den Dorfplatz: nichts rührt sich.

Aber das Herz – plötzlich jetzt spürt sie es wieder.

Sie legt sich eine Hand fest auf die Brust – das Holpern ist fast tastbar jetzt.

Sie atmet tief und langsam, ein und aus, bis in den Bauch.

Damals begann es, an jenem Sonntagnachmittag im November –

Lino kam von oben herab auf den Dorfplatz. Sie erkannte ihn sofort, an seiner Statur, von weitem schon; der etwas linkische Gang, seine aufrechte Haltung, der erhobene Kopf, der Rücken sehr gerade, aber ein bisschen steif im Kreuz – unverkennbar er!

Kein Mensch sonst war unterwegs an jenem Sonntagnachmittag; nur er und sie, die über den großen weiten leeren Platz gingen. Sie gingen aufeinander zu, aber dann, ganz plötzlich, kurz bevor sie sich kreuzten, drehte Lino ab – als ob sie Luft sei.

Als ob nie etwas gewesen wäre zwischen ihnen, als ob sie sich nicht kennten seit eh und je!

Warum!?

Was hatte sie ihm getan?

Ohne einen Gruß oder ein Kopfnicken, oder auch nur einen einzigen winzigen Blick, verschwand er dort zwischen den Häusern.

Danach begann es mit dem Herz.

Nein, sie hat Lino nie wiedergesehen seither, auch nicht in der Ferne, reitend über die Hügel oberhalb vom Dorf.

Ursina geht die paar Schritte hinüber bis zur Hausecke – die Luft ist frisch, es riecht nach Frühling –, sie schaut in den Garten, und hinab ins Tal; die blühenden Mandelbäume sind wie zart weiße Schleier, die über den noch wintergrauen Wiesen zu schweben scheinen; und in den laublosen Wäldern ringsum der rötliche Glanz vom Treiben der Knospen, fast gleißend jetzt in der Nachmittagssonne. Und dicht am Haus der Rosmarinstrauch, das scheue Blau seiner Blüten.

Ursina streicht über die Zweige, schnuppert an ihren Fingern: dieser Geruch – zum Tote Erwecken!

Und mitten im Garten der Aprikosenbaum, prangend in seiner Frühlingspracht!

Ein Jahr genau, seit die Mutter starb. Ein frühes Frühjahr war's, mit viel Regen, die Wiesen waren bereits grün, der Aprikosenbaum war fast schon verblüht; einen Zweig immerhin hatte sie der Mutter noch aufs Totenbett legen können.

Dieses Frühjahr, nach dem kalten Winter, ist spät, die Bergspitzen sind noch verschneit.

Was für ein schöner Zufall, dass die Mutter am Namenstag von San Marco starb! Den sie ihr Leben lang so sehr verehrt hatte. Ihr flehendes Bitten am Abend, nachdem sie die Sterbesakramente erhalten hatte: So glorreich, heiliger Markus, wie du von der Levante ins ferne Ägypten gesegelt bist, lass mich die Überfahrt ins Jenseits bestehen!

Ja, in der Nacht dann hatte sie es geschafft. Frühmorgens muss es gewesen sein. Die Mutter, als sie zu ihr ans

Bett trat, schien den letzten Atemzug grade erst getan zu haben. Die Hände waren noch warm, und auf ihrem Gesicht lag eine gelassene Heiterkeit, noch ohne jenen fernen, unendlichen Ernst.

Ursina nimmt die Gartenschere vom Kellerfenstersims, geht zum Aprikosenbaum. Welchen Zweig kann sie abschneiden, ohne das Gesamtbild zu beschädigen? Sie setzt die Schere an einen, der noch nicht ganz aufgeblüht ist; sie will damit hinüber zur Kirche.

Nicht dass sie regelmäßig zur Messe ginge; zur Beichte geht sie seit Jahren nicht mehr. Sie geht hin, um in der Marien-Kapelle den Altar mit Blumen zu schmücken. Eine Tradition, die sie von ihrer Mutter übernommen hat, die ihrerseits von Großmutter Irene. Anschließend dann zündet sie Kerzen an, eine an der anderen, eine lange Lichterkette, für alle, die ihr nah sind, die Gestorbenen und die Lebenden; je eine für Mutter und Vater und die davor; auch für ihre drei Kinder; und bittet die Himmlische Mutter um Schutz für sie alle und Hilfe, dass sie ihre je eigenen Wege finden mögen, im Diesseits und im Jenseits, *so wie das Wasser seinen Weg zum Meer findet, das Anfang und Ende allen Lebens ist* – wie Großmutter Irene zu sagen pflegte.

Ursina geht, mit dem abgeschnittenen Blütenzweig in der Hand, zurück zum Haus, legt die Gartenschere beim Kellerfenster ab, und sieht, der Päonienstrauch beginnt schon, Blätter zu zeigen, feinst gefältelt noch, und auch die Blütenknospen setzen bereits an.

Ja, der Frühling ist da, die Saison beginnt!

Ursina blickt noch einmal zurück in den Garten – im Schatten unter dem Lorbeer-Busch, dort liegt etwas, dicht an der Gartenmauer, etwas graubraun Felliges. Es bewegt sich nicht, liegt nur einfach da. Was kann es sein?

Ursina geht hinüber und sieht: es ist ein Hase. Er ist tot. Ein toter Hase. Die Augen sind offen. Noch sitzen keine Fliegen drauf. Sein Leib scheint unversehrt, kein Biss, keine Blutspur, keine Verletzung ist zu sehen; als ob er sich grad eben hier unter den Busch gelegt hätte.

Wie schön er ist! Sein Fell, graubraun gesprenkelt auf dem Rücken, weiß an Läufen und Bauch, weiß gerändert auch die Ohren, innen samtig schwarz, schwarz auch um die Augen; und unter den Nüstern, wie zart und fein es ist.

So wenige Hasen, wie es nur noch gibt hierherum – dass der sich so nah herantraute! Wie hat er es in den Garten geschafft? Ist er über die hohe Mauer gesprungen? Oder vom Dorfplatz her durch den Spalt zwischen Tor und Pfosten hereingeschlüpft? Nie vorher hatte sie Hasen im Garten, keinen Fraß je an den Pflanzen – was trieb ihn her? War er verfolgt? Oder trug er den Tod bereits in sich und kam zum Sterben hierher?

Ursina geht ums Haus herum zurück. Später, wenn sie aus der Kirche kommt, wird sie den Hasen begraben. Beim Eingang nimmt sie das wollene Tuch, das sie dort auf den Stufen bereitgelegt hat, und wirft es sich um die Schultern. Noch sind die Tage kurz, abends wird es kühl, aber wenn sie jetzt gleich hinüber zur Kirche geht, scheint die Sonne, bevor sie hinter dem Monte Pénice verschwindet, noch durch die Fensterrosette herein und zaubert jenen Goldglanz ins Innere, den sie so sehr liebt und der ihr, trotz allem, wie ein Versprechen ist.

Sie nimmt den Blütenzweig wieder auf, tritt ans Gartentor, bleibt stehen, schaut über den Dorfplatz; sie schaut zur Straße hinüber, die vom Platz abgeht und hinaufführt, und über die Berge.

Dort, oberhalb von Collalta, liegt Linos Gehöft, jenseits vom schattigen Tobel. Rechts ab von der Passstraße geht der Schotterweg durchs Gehölz zu dem Weiler hin.

Ein einziges Mal ist sie dort gewesen. Letztes Jahr im September. Ja, sie hatte Lino besuchen wollen, an seinem Namenstag – aber: Lino war nicht zu finden.

Sie ging herum zwischen den Häusern dort, um ihn zu suchen, und sah: Ein einziges Haus nur ist noch bewohnt. Es muss Linos sein. Alle Häuser sonst sind längst verlassen. Beim einen hingen die Fensterflügel lose in den Rahmen, die Haustür stand offen, gähnende Schwärze darin, die Schwelle grasbewachsen; bei einem anderen fehlten so viele Ziegel auf dem Dach, dass das Gebälk aussah wie ein ausgeweidetes Gerippe. Und all die hohen Nussbäume und Akazien, die so dicht an den Häusern stehen; und die wuchernde Brennnesselwildnis, wo einstmals Gärten waren. Was für ein schattiger, einsamer Ort!

Nur Lino wohnt noch dort, mutterseelenallein. Und sein Riesenhund.

Wild bellend sprang er, als sie zwischen den Häusern umherging, gegen die Brettertür des Schuppens, in den er gesperrt war, so dass sie fürchtete, die fiele mitsamt den Angeln heraus und der Hund über sie her.

Aber an der Westseite des Hauses, das Linos sein muss, der Rosenbusch, üppig und feuerrot blühend, als ob Frühsommer sei. Und daneben die Steinbank – ob Lino manchmal dort, an diesem wohl einzigen sonnigen Plätzchen, sitzt?

Ursina, am Gartentor stehend, spürt, wieder holpert und stolpert ihr Herz so, dass sie es fast tasten kann. Wenn sie von der Kirche zurück ist, wird sie sich einen Herztee aufbrühen; und dann den Hasen begraben.

Damals hat sie Lino zum letzten Mal gesehen. Hier mitten auf dem Platz. An jenem Sonntag im Spätherbst. Mit den letzten Astern aus dem Garten wollte sie zur Kirche hinüber. Lino, in Arbeitskleidung trotz Sonntag, war vermutlich unterwegs zu jenem aus der Fremde Zugezogenen, von dem es heißt, er sei Filmemacher, weil er zwei linke Hände habe; wahrscheinlich sollte Lino ihm bei etwas helfen.

Sicher ist der Linos einziger Freund. Dass Lino mit anderen hier Umgang pflegt, hat sie nie gehört. Jedenfalls sitzt Lino nie im Café.

Der Filmemacher hingegen oft. Fast immer, wenn sie

am Café vorbeigeht, sitzt der dort und quatscht mit den Alten. Seit zwanzig Jahren schon, hörte sie, verbringe er die Sommer in Collalta; um Ostern herum komme er und bleibe bis in den Oktober. Unten an der Straße, die über Marsaglia ins Tal hinabführt, hat er sich eingenistet, in jenem großen Gebäude, in dem früher die Landwirtschaftliche Kooperative war. Immer sei er mit einer Frau gekommen, die den Sommer über bei ihm blieb, alle paar Jahre mit einer anderen. Oft habe er auch Besuch gehabt, aus jenem Land, in dem er den Winter verbringt – war's Schweden, Slowenien, die Slowakei?

Sie jedenfalls, seit sie ganz nach Collalta zurückgekehrt ist, hat ihn immer allein gesehen, ohne Frau, meistens im Café. Mit ihm gesprochen hat sie nur einmal. Das eine Mal hatte ihr gereicht!

Aber Lino, scheint es, mag den seltsamen Vogel. Nächtelang führten sie Gespräche, heißt es, oft sei dort Licht bis in die Morgenstunden.

Dass Lino viel sprechen würde – sie kennt ihn anders! Was nur zieht Lino zu dem hin?

Nein, sie mag den Kerl nicht.

Aber: sie mag Lino –

Dass sie Lino je mögen würde!

Früher, in ihrer Jugend, empfand sie wenig für ihn. Was sollte sie mit einem, der kaum ein Wort über die Lippen brachte; und wenn, dann sprach er nur von seinem Pferd. Aber gefallen hatte ihr, dass sie ihm gefiel, das schon. Wenn er sich in den Schulpausen zu ihrer

Gruppe stellte und sie einfach nur anschaute – auch wenn sie nie hinschaute, seinen Blick sah sie natürlich.

Und später: manchmal stand er drüben bei den Platanen vor der Casa del Comune und schaute ihnen zu, wie sie, die paar wenigen, die unten in Bòbbio das Gymnasium besuchten, aus dem Schulbus stiegen, der sie nachmittags zurück nach Collalta brachte, und wie sie schwatzend dann im Dorf sich verteilten.

Einmal, sie war eben aus dem Bus gestiegen, stand er plötzlich ganz dicht vor ihr und streckte ihr seine Faust entgegen. Erschrocken zuckte sie zusammen; worauf er sie mit einem kurzen verschmitzten Blick anblitzte und seine Hand öffnete: darin lagen rotbackige, dunkelgesprenkelte Aprikosen jener halbwilden, zuckersüßen Sorte, die es heute kaum noch gibt. Die sind für dich, sagte er, ließ die Früchte in ihre Hände gleiten und war verschwunden.

Ein anderes Mal hatte er ihr, im Vorbeigehen und ohne ein Wort, jenen klein gefalteten Zettel zugesteckt, den sie, als sie nach dem Tod der Mutter das Haus räumte, wiederfand. In der Schuhschachtel, zwischen all den Briefen aus ihrer Jungmädchenzeit, lag er, ein schlichtes Stück Papier, beidseitig mit großen runden Lettern vollgeschrieben. Und als sie es wiederlas, war sie überrascht, wie zärtlich er schrieb, von der unverfälschten, fraglosen Schönheit der Natur, von den Tieren, die ohne Tücke und Ränkeschmieden ihr Leben leben, wie Menschen zu leben nicht verstünden. Und von seinem Pferd, von den sanften Augen, den zarten Nüstern, vom

Glanz des Fells; und die Frage dann: ob sie mitaufsitze und mitreite zur Passhöhe hinauf; dort oben werde er ihr einen Ausblick zeigen, wie sie ihn nicht kenne, weit über die Poebene bis hin zu den Alpen.

Ja, gefallen hatte ihr damals, oder eigentlich geschmeichelt, dass er ihr schrieb. Alle Mädchen schwärmten von ihm; besonders von seinen Augen: die Bläue darin – hell um die Pupillen, dunkel nach außen – die sei langobardisch. Auch sein Vater habe solche Augen gehabt, wurde erzählt, und dass der Familienname Bellocchio nicht zufällig sei.

Trotzdem, keine wollte ihn haben – nein, auch sie nicht –, Sohn einer Bäuerin, mit wenig Land, nur magere Böden weit oberhalb von Collalta.

Sie mochte die Jungen, die eine Lambretta hatten; und liebte es, mit ihnen, angelehnt an einen Rücken, die Arme um einen Bauch geschlungen, straßauf straßab zu sausen, jede Kurve geschnitten, rasendes Risiko, purer Rausch.

Lino hatte nur sein Pferd.

Nein, auch mitgeritten zur Passhöhe hinauf ist sie nicht. Noch nicht einmal seinen Brief hatte sie beantwortet.

Hätte sie es doch getan!

Aber damals wollte sie vor allem weg; weg von Collalta, wo ihr Vater das Sagen hatte. Der Vater, der alles bestimmte, welche Straßen ausgebaut wurden, wessen Haus aufgestockt werden durfte, wo neu zu bauen erlaubt war, wo nicht; auch wo das Wahllokal einzurichten sei und wie welches Fest gefeiert wird, ob Schulbusse privat oder aus öffentlicher Hand zu finanzieren sind; alles und jedes bestimmte er. Und wer nicht einer Meinung mit ihm war, den beredete er so lange, bis er zustimmte oder verstummte. Sogar für die Jagd hatte er, redegewandt wie er war, eine Ordnung durchzusetzen vermocht; endlich war Schluss mit der wilden Abknallerei von allem, was irgend sich im Gebüsch bewegte – die winzigen Singvögel, lächerlich kleine Bissen! Selbst den Wilderern den Heldennimbus zu nehmen, hatte er geschafft. Und sich dafür eingesetzt, dass in den Wäldern Holzwirtschaft nicht mehr als Raubbau betrieben wurde, sondern »nachhaltig«, wie es heute heißt, landschaftspflegerisch und naturschützerisch, wie er es nannte; und gekämpft hatte er gegen das wilde Deponieren von ausrangierten Kühlschränken und Bettgestellen, Autoreifen, Plastikschüsseln und all dem sonstigen Müll in den Wäldern und Bächen.

Ja, ein visionärer Sindaco ist er gewesen, ihr Vater, das schon.

Ursina schaut über den menschenleeren Dorfplatz, an den Häusern die Fensterläden sind alle noch geschlossen. Noch halten sie Siesta; oder sie sind weggefahren, zu Verwandten in Bòbbio, in Piacenza, oder wer weiß wohin sonst.

Immerhin, ihr Vater hatte sich fürs Gemeinwohl eingesetzt, mehr als frühere Amtsinhaber, die doch vor allem für ihr eigenes Wohl gesorgt hatten. Er war einer, der anpackte und durchsetzte, was er für richtig befand; und gleichzeitig war er ein gefragter Redner, der oft zu politischen Veranstaltungen gerufen wurde. Nicht verwunderlich, dass sein Einfluss bis weit in die Emilia Romagna hinaus reichte. Und wenn er sich bei offiziellen Anlässen mit Frau und Kindern präsentierte, ja, sie mochte gerne an seiner Hand mitgehen, sie, das hübsch herausgeputzte Bürgermeisterstöchterchen. Dass sie, sein jüngstes Kind und die einzige Tochter, dem Vater auch als Juwel in der Krone diente, war ihr damals nicht unlieb. Erst später, als junges Mädchen, begann sie von einem eigenen Leben zu träumen. Sie träumte davon, Richterin zu werden oder Staatsanwältin, vielleicht sogar in Mailand; unten in Piacenza würde sie studieren, stellte sie sich vor, und dass sie ganz sicher nie ins Dorf zurückkehren würde. Keinesfalls wollte sie leben wie ihre Mutter, die nie eine eigene Meinung vertrat, keine Fragen stellte, nur immer ihrem Mann zudiente; ihm, wie sie es nannte, den Rücken freihielt.

Und tatsächlich hat sie dann ja studiert, Jura, so wie sie es sich gewünscht hatte, zumindest begonnen damit. Dem Vater war's recht, dass die Tochter studiert; was ja nicht unbedingt üblich war damals; und auch die Mutter hatte nichts dagegen. Nein, die Eltern behinderten sie nicht. Auch dass sie als junges Mädchen unten in der Stadt ein sehr freies Leben führte, störte niemand.

Aber ganz unverhofft, das erste Zwischenexamen hatte sie gerade bestanden, musste sie das Studium abbrechen, weil sie schwanger war und eine Blitzhochzeit anstand.

Die Jahre in Piacenza dann – als Mutter und Hausfrau, und: als Staatsanwaltsgattin.

Gemocht hatte sie ihn, den Mann, der Vater ihrer Kinder ist, das schon. Heute fragt sie sich allerdings: Warum ausgerechnet dieser Mann?

Immerhin, er hatte es zum Staatsanwalt gebracht; was ihnen ein anständiges Leben ermöglichte, mit schönem Stadthaus in guter Wohngegend und allem, was dazugehört. Einiges hatten sie sich leisten können, das ja; und den Kindern viele Wünsche erfüllen, sogar Studienaufenthalte im Ausland, so dass sie heute alle drei sehr anständige Berufe haben.

Aber was hat sie selbst aus ihrem Leben gemacht?

Hatte sie es sich so vorgestellt, so gewünscht, damals als sie Collalta verließ?

Wieder nach Collalta heraufzukommen begann sie, als die Mutter im Garten nicht mehr alles alleine schaffte. Anfangs kam sie immer nur für einen Tag. Zur Pflaumen- und zur Feigenernte, und wenn die Aprikosen reif waren, half sie beim Einkochen oder beim Einfrieren, und zum Nüsse Aufsammeln im Herbst, oder für den Frühjahrsputz, auch um den Garten umzugraben, bevor die Saat in den Boden kommt; immer öfter kam sie, je weniger die Mutter konnte. Und je länger je mehr liebte sie es, im Garten zu arbeiten.

Ihren eigenen kleinen Vorgarten unten in der Stadt hat sie nie selbst gepflegt. Immer hatte sie jemanden dafür engagiert; der letzte war Radu gewesen. Radu der Fröhliche, der sagte, die Hänge des nördlichen Apennin erinnerten ihn an die der östlichen Karpaten, die sich in die Ebenen des Moldautales hinabsenken.

Vor dem Haus den Flieder schnitt Radu so kräftig zurück, dass er neu ausschoss und blühte wie nie zuvor; und ein Beet legte er an, wo vorher nur moosiger Rasen war, pflanzte Levkojen, Reseda, Tagetes und Nachtviolen, eine duftende Fülle. Nach der Knochenarbeit auf dem Bau die Woche über liebe er es, sagte er, ein Stück Erde zu hegen und pflegen und zum Blühen zu bringen, wie die Gärten in jenem Tal hinter Oneşti, wo sein Dorf steht; und später dann liebte er auch sie, Ursina; und sie ihn – während ihr Mann an den Wochenenden auf Tagungen und Symposien unterwegs war, anfangs mit einer Kollegin, dann mit seiner Assistentin, später mit einer anderen Assistentin und so weiter.

Radu der Fröhliche –

Er war ihre letzte Liebe; und dass es die letzte überhaupt sein würde in ihrem Leben, war sie sich sicher. Aber dann, plötzlich, war Lino wieder aufgetaucht.

Ursina zieht das Wolltuch, das ihr von der Schulter gerutscht ist, wieder hoch.

Ganz zurückzukehren nach Collalta hatte sie erst nach dem Tod der Mutter sich entschlossen. Was sollte sie weiter in der Stadt! Die Kinder leben ihr eigenes Leben, in Bergamo der Sohn, eine Tochter in Zürich, die andere in Berlin.

Nein, auch die Freundschaften in Piacenza hielten sie nicht; immer kann sie ja hinfahren und sie besuchen.

Hier in Collalta sind es nur noch wenige, mit denen sie verbunden ist; die meisten, denen sie einstmals nahstand, sind weggezogen, einige schon gestorben. Aber die Luft hier oben, und das Wasser; und der weite Blick!

Ursina schaut hinüber zum Monte Pénice: die Sonne ist ihm schon sehr nahe gerückt, und beginnt, bevor sie ganz hinter ihm verschwindet, ihn mit ihrem Gold zu übergießen; ein golden schimmernder Lichtvorhang bis hinab ins Tal.

Ja, dieser Blick übers Tal, zu den Hügeln und Bergen jenseits der Trebbia, den braucht sie zum Leben.

Vor allem aber den Garten! Wie sehr sie es liebt, mit den Händen in die Erde zu greifen, die Erde zu spüren, sie zu riechen. Der würzige Geruch nach dem Regen, die vibrierende, fast knisternde Vitalität, wenn die Sonne draufscheint, im Herbst die satte, üppige Schwere und im Winter die Ruhe, als ob sie ausatme, und träume.

Nein, ohne den Garten könnte sie nicht mehr leben.

Sie liebt die Pflanzen, kennt jede, nicht nur dem Namen nach, auch am Duft; oder wenn sie, mit Fingerspitzen nur, sie berührt, Blätter, Blüten, Stängel, Stauden, und spürt, wie glatt oder kühl und wässrig sie sind, oder weich oder spröd oder biegsam, oder rau und trocken, pelzig oder faserig.

Ja, sie spricht auch mit den Pflanzen – so wie Großmutter Irene es getan hat, redet ihnen gut zu. Und wenn eine zu serbeln beginnt, verschafft sie ihr, was ihr fehlt, mehr Licht oder Schatten, oder Kompost oder Sand oder Torf, je nachdem, oder sie lockert die Erde um sie herum oder deckt sie ab, oder verpflanzt sie an einen Ort, der ihr besser behagt. Sogar die uralte Rebe am Haus ist seit letztem Jahr wieder frei vom Pilzbefall; zwei Sommer lang hat sie sie wöchentlich mit Schachtelhalmauszug besprüht, und nun zeigt sie bereits saftig pralle, gesunde Knospen.

Es stimmt schon, je länger je mehr ist ihr der Garten zum liebsten Freund geworden. Bis Lino wieder in ihr Leben trat.

Zurück in Collalta, sah sie ihn manchmal durchs Dorf gehen, ohne jemals mit ihm zu sprechen; einmal auch in der Ferne, reitend über abgeerntete Felder, der riesige Hund hinter ihm her jagend. Aber dann auf dem Kirchweihfest letztes Jahr im August, plötzlich stand Lino vor ihr. Mitten in der feiernden Menschenmenge. Plötzlich stand er da und lachte, wie er früher nie gelacht hatte: Signora, jetzt tanzen wir! Und beim Tanzen, auch wenn er ein ungelenker Tänzer ist, ungeschickt, und sie einmal sogar über seinen Fuß stolperte, so dass sie beinahe gestürzt wäre; aber seine Hand auf ihrem Rücken.

Seine Hand, während sie tanzten, auf ihrem Rücken, sein fester Griff, und gleichzeitig, wie er mit den Fingerspitzen, als ob er sie erspüren wollte, ihrer Wirbelsäule entlangtastete, bis zum Hals, und wieder den Rücken hinab bis ins Kreuz.

Ja, es hatte sie weich und geschmeidig gemacht.

Und noch immer spürt sie die Hand auf ihrem Rücken, eingraviert wie eine Prägung; besonders nachts, wenn sie aus einem Traum erwacht; immer dann, liegend im Bett, ist ihr, als ob Lino bei ihr sei; als ob er sie in seinen Armen halte, so warm ist ihr dann; und immer findet sie nicht zurück in den Schlaf und schwer hinein in den nächsten Tag.

Damals hatte Lino sie gemocht, obwohl sie die Tochter des Bürgermeisters war. Nicht weil sie es war. Nicht wie alle anderen, die, wenn sie über den Platz ging, am Café vorbei oder am Laden, ihr zuriefen: Na, Hübsche, stolz und schön, ganz wie der Herr Papa! Von Kindsbeinen an wusste sie: Gut mit ihr zu stehen hieß immer auch, nahe an der Macht; sie das Trittbrett.

Nicht so Lino. Lino versuchte nie, sich gut mit ihr zu stellen. Die wenigen Male, dass sie miteinander sprachen – sprachen sie je wirklich miteinander? –, immer meinte er sie, Ursina.

Nur eben, dass sie damals nicht interessierte, was er ihr zu sagen hatte.

Was hätten sie sich heute zu sagen?

Ursina, das Wolltuch mit einer Hand über ihrer Brust zusammenhaltend, in der anderen den Blütenzweig, steht noch immer am Tor –

Ja, gleich wird sie hinüber zur Kirche gehen!

Aber Linos Frage damals, als sie nach dem Tanzen drüben bei der Casa del Comune unter den Platanen beieinanderstanden:

Ursina, warum bist du zurückgekommen?

Hätte ich nicht zurückkommen sollen?

War's denn nicht gut in der Stadt?

Doch schon, aber unten in der Stadt die Zeit ist vorbei. Hier oben bin ich geboren und aufgewachsen, auch wenn's ein Dorf ist, hier ist mein Ort, hier bin ich zu Hause.

Warum denn bist du damals weg?

Zurückgekommen bin ich wegen der Mutter, das weißt du doch, um ihr zu helfen, als sie nicht mehr gut beieinander war, dann um sie zu pflegen und schließlich zu begleiten bis zum Tod; und so, ohne es direkt zu wollen, bin ich zurückgekehrt, nebenbei sozusagen.

Aber dein Vater, du weißt, was er getan hat?

Was er getan hat und was nicht – Lino, ich bin doch weg gewesen all die Jahre, wie kann ich es so genau wissen.

Das mit der Umgehungsstraße von Bòbbio weißt du nicht?

Ja, ich weiß, der Vater hatte eine dezidierte Meinung gehabt dazu und sie vehement vertreten, die Umgehungsstraße war ihm wichtig, zum Schutz der Altstadt, wie er sagte, um den Durchgangsverkehr rauszuhalten; und dass er sich ins Zeug legte dafür und kräftig mitmischte und seine Hände im Spiel hatte, als es um Planung und Bauvergabe ging, all das weiß ich, aber worauf spielst du an, Lino?

Und wie er gestorben ist, weißt du es?

Ein Jagdunfall, ja – warum fragst du mich das, Lino, was meinst du damit?

Trotzdem, es wurde nicht besser nach seinem Tod. Sogar schlechter. Und heute: nicht einmal mehr die Straßen werden repariert.

Es stimmt, Collalta verkommt mehr und mehr. Der einstmals wohlhabende Ort stirbt aus. Nur die Alten sind noch da. Kein Arzt mehr, keine Krankenstation, keine Schule, kein richtiger Laden. Vor allem eben keine Arbeit, die Geld bringt zum Leben. Nur das Café für die alten Männer gibt es noch.

Obwohl Collaltas Lage, thronend über dem Trebbia-Tal, ausgerichtet nach Südwest, einzigartig ist, Sonne von morgens bis abends; weiter unten im Tal gibt es Dörfer, die im Winter die Sonne kaum sehen. Und gleichzeitig ist es geschützt vor den kalten Nordostwinden durch die Berge im Rücken, den Monte Aseri und Monte Capra. Die Böden sind fruchtbar, fast alle, die Wälder reich an Quellen. Leben hier müsste doch möglich sein!

Der Dorfkern ist erhalten, die alten Steinhäuser sind alle renoviert, zum Teil zwar verhunzt mit modernem Schnickschnack, den die neuen Besitzer angebracht haben; aber der große weite Platz hier in der Ortsmitte –

Ursina schaut hinüber zur Casa del Comune –

Linos Bemerkung, als sie dort unter den Platanen standen:

Dein Vater hat zwar viel bewirkt hier im Tal, das schon.

Was sonst noch war, sagte er nicht.

Wobei ist er mit ihrem Vater überquergekommen?

Seinen eigenen Vater hat Lino nicht gekannt. Im August 1944, kurz vor Linos Geburt, starb er; erschossen von den Deutschen, die, nachdem sie Bòbbio den Partisanen wieder entrissen hatten, alle liquidierten, die irgend nach Partisanen aussahen.

Wo eigentlich war ihr Vater gewesen, als Bòbbio den Deutschen in die Hände fiel?

Er sei nicht in der Partei der Schwarzhemden gewesen, sagte er immer, aber bei den Partisanen war er auch nicht – wie hat er sich arrangiert mit denen, die damals das Sagen hatten? Was hat er getan, was unterlassen? Redegewandt wie er war – war er ein Opportunist, der sich aus jeder Schlinge zu ziehen verstand?

Warum nur hatte sie ihn nie danach gefragt!

Was wusste Lino? Wusste er mehr?

All die Jahre, die sie nicht in Collalta war, was war geschehen? Worauf spielte Lino an?

Sein Schweigen – was verbirgt er ihr?

Und ganz unverhofft seine Frage dann: Was macht denn eigentlich Herr Rocchetti zurzeit?

Den gibt's nicht mehr! Der hat sich in Luft aufgelöst, schon vor Jahr und Tag.

Linos fragender Blick, flackernd –

Und du, Lino, warum eigentlich hast du nicht geheiratet?

Tja!

Mehr hat er nicht gesagt; aber plötzlich sie umarmt.

Seine Arme um sie, sein flüchtiger Kuss, fast ohne Berührung, seine Lippen, die ihre Lippen nur streiften, ihr

Ohr dann, ihren Hals, sein warmer Atem auf ihrer vom Tanzen noch erhitzten, verschwitzten Haut; ihre Hände auf seinem Rücken, darin das sichere Gespür, dass sie ihn sich einprägen müsse, ein für alle Mal; Anfang und Ende in einem –

Ja, damals bereits wusste sie es.

Aber die Hoffnung, eben erst erwacht beim Tanzen, das wieder entfachte Begehren, die Sehnsucht nach Nähe, und der Wunsch, dass es doch möglich sei, über alles Trennende hinweg, jetzt in ihrem Alter.

Und wieder jetzt spürt Ursina das Herz, bis in den Hals sein Stolpern und Holpern ist fast hörbar; sie legt den Blütenzweig aus der Hand, streicht vom Brustbein über den Kehlkopf bis unters Kinn, den Kieferknochen entlang bis hinter die Ohren; umfasst mit beiden Händen den Schädel; sie schließt die Augen, lauscht dem Pochen in Schläfen und Ohren – warum nur ist alles so geworden, wie es jetzt ist?

Sie löst die Hände, legt sie aufs Brustbein, öffnet die Augen; und sieht:

Drüben bei der Casa del Comune stehen die beiden; wie auf einer Bühne stehen sie dort unter den Platanen; sie umarmen sich, schüchtern und verzweifelt zugleich; und als Feuerwerksfontänen knatternd in den Nachthimmel schießen, und unmittelbar danach von den umliegenden Höfen herüber jaulendes Hundegebell zu hören ist, da, ganz plötzlich, reißt Lino sich los und – ist verschwunden.

Lino hat eben seinen Stolz! So sagte der Filmemacher.

Als sie ihm den Brief brachte, den der Postbote fälschlich bei ihr eingeworfen hatte, lächelte er, nach einem kurzen Blick auf die Schrift, ein seltsames Lächeln und bat sie herein. In dem großen, karg möblierten Raum war nichts weiter als nur ein langer Tisch vorne bei den Fenstern, viele Stühle darum, an der Rückwand ein offener Kamin; und auf dem Kaminsims standen aufgereiht Kunstkarten: Frauenbildnisse von Picasso, Beckmann, Odalisken von Matisse, aber auch orientalische Miniaturen; und ganz am Ende der Frauen-Galerie das Bild einer rot-orange gekleideten Dame mit einem Buch in der Hand, aber ihr Kopf ist ein Hundekopf!

Eine Freundin hat mir das Bild geschenkt als ein Zeichen, sagte der Filmemacher, noch immer sein seltsames Lächeln lächelnd.

Als ein Zeichen wofür?

Dass sie sich mir anverwandeln will.

Anverwandeln inwiefern?

Sie mag Hunde nicht. Aber um mir zu gefallen, versucht sie sich nun als Hund, als Hündin.

Und das mögen Sie?

Verstehen Sie, auch zwischen jener Frau und mir gibt es eine alte Geschichte, die zur Zeit neu aufgelegt wird.

Sie verstand. Warum hat Lino von ihr erzählt?

Aber schauen Sie, dort neben dem Sessel liegt das Original.

In einem Henkelkorb aus Span, wie er hier im Tal zum

Nüsse-Sammeln gebraucht wird, lag zusammengerollt ein kleiner Hund, der, ohne den Kopf zu heben, seine Ohren spitzte.

Der Hund scheint wahrgenommen zu haben, dass von ihm die Rede ist, sagte sie.

Signora, es ist eine Sie, eine Hundedame, ihr Name ist Cocca.

Cocca – von Cocco, die Lieblingin?

Ja, das glaubt auch jene Dame, die mir die Karte geschickt hat; sie ist nämlich eifersüchtig auf Cocca.

Eifersüchtig auf einen Hund?

Dabei ist Cocca die Abkürzung von Albicocca. Lino hat ihr diesen Namen gegeben. Als er sie zu mir brachte, war sie sehr jung; und sah aus wie eine reife Aprikose, mit dunklem Gesprenkel auf dem rötlichbraunen Fell; was sich aber mit der Zeit, wie beim Rehkitz ja auch, verwachsen hat; im Gegensatz zu den Flecken auf der Haut jener Frau, die von Jahr zu Jahr mehr werden.

Sie fand den Kerl unverschämt; trotzdem fragte sie, warum Lino Cocca zu ihm gebracht habe.

Cocca war ihm zugelaufen, aber wegen Berlusco konnte er sie nicht bei sich behalten.

Berlusco?

Linos Hund – wussten Sie das nicht?

Was für ein Name!

Sie können sich Linos diebische Freude sicher vorstellen, wenn er den Hund zurechtweist: Ruhe Berlusco! Halt die Schnauze Berlusco!

Ja, ich verstehe, dass Lino einen Wachthund braucht,

so weit ab vom Dorf, wie sein Hof liegt, ohne Nachbarn, kein Mensch sonst dort.

Lino hat eben seinen Stolz! Alle anderen dort haben ihre Felder an die Agro-Großunternehmer verkauft, die mit ihren Riesenmaschinen das Land plattmachen und die Ausbeute zu einem Preis auf den Markt werfen, bei dem Kleinbauern unmöglich mithalten können. Nun sitzen all diese ehemaligen Bauern unten in der Ebene, in irgendeiner schäbigen Pseudo-Villa, die sie sich inmitten von Nichts haben bauen lassen, und wissen nicht, was sie tun sollen den ganzen Tag, außer mit dem Auto sinnlos herumfahren zu öden Einkaufszentren an den Rändern der Städte, oder sich mit Frau und Kindern streiten. Nicht so Lino! Er hat den Betrug früh durchschaut.

Und, nach einer kleinen Pause, wieder sein fieses Lächeln lächelnd, setzte der Kerl nach: Genau so hält Lino es auch mit den Frauen! Damals wollte ihn keine. Alle hatten sie was Besseres vor, Heiraten in die Stadt und so weiter. Aber wenn sie, die ihn damals nicht wollten, nun Witwen sind und ihm zulächeln und schöne Augen machen, dann schaut er einfach weg. Lino hat seinen Stolz!

Statt nun zu gehen, fragte sie, ob er Linos Mutter denn gekannt habe.

Ein zwei Mal gesehen, kurz bevor sie starb. Eine tüchtige Frau. Hat sich durchgekämpft mit dem Hof und den Sohn allein großgezogen.

Nein, der Kerl hatte keine Ahnung! Die Alte, niemand

wollte was zu tun haben mit ihr, mit allen war sie überquer. Nur Lino, der hatte keine Wahl. Immer, wenn es etwas auszurichten oder zu erledigen gab, musste er runter ins Dorf. Dass keine dort Jungbäuerin und Schwiegertochter sein wollte, ist nicht verwunderlich! Sie fragte: Wissen Sie, wann Linos Mutter starb?

Sie ist sehr alt geworden, vor sechs oder sieben Jahren erst ist sie gestorben. Und jetzt, jetzt wäre Lino frei!, sagte der Kerl, wieder mit seinem fiesen Lächeln.

Aber Sie, was machen Sie denn eigentlich hier in Collalta die ganzen Sommer über? Ich habe gehört, Sie machen Filme – hier in der Provinz?

Zum Filmemachen gehört bekanntlich erst einmal ein Drehbuch. Dann muss ein Produzent gefunden werden und Geld beschafft, was gar nicht mehr so einfach ist heutzutage. Heute interessiert sich ja niemand für die Problematik eines Hochstaplers, da überall, insbesondere hier in Italien, nur noch Hochstapelei zählt.

Was meinen Sie mit Hochstapelei?

Hochstapler ist, wer über die Schwerkraft meint sich erheben zu können; einer, der die Zwänge des Lebens, denen nicht zu entkommen ist, überrumpeln will, indem er das Blaue vom Himmel herabpflückt, der über alle Abgründe hinwegzuspringen und -tanzen versucht – was ja oft auch sehr lange gelingt. Das Problem dabei ist allerdings: je erfolgreicher man damit ist, umso mehr verliert man sich selbst. Denn die Siege der Eltern rückgängig zu machen ist nicht möglich.

Warum sollte es nicht möglich sein?

Mit einem reichlich arroganten, belehrenden Gesichtsausdruck sagte er, im Film eines, übrigens sehr berühmten, Schweizer Kollegen leite der Held mit diesem entscheidenden Satz die Katharsis ein.

Worauf sie sagte, vom Filmemachen verstehe sie leider nichts, und vom Drehbuchschreiben schon gar nicht, und dass sie ihn nicht länger stören wolle; und ging endlich doch, nach einem kurzen Blick noch einmal zur Hundedame auf dem Kaminsims, in Richtung Tür. Dass sie liebend gern ins Kino geht und während des Filmfestivals in Bòbbio, seit es das Festival gibt, bei ihrer Cousine absteigt, um sich jeden Film anschauen zu können, nein, wozu sollte sie das dem Kerl erzählen! Auch dass sie nie etwas gehört hat von jenem Schweizer Kollegen, obwohl sie weiß Gott viele Filme sah in ihrem Leben.

Nur dass sie jetzt wirklich gehen müsse, sagte sie, weil sie nämlich einen Kuchen im Ofen habe.

Ach, backen auch Sie so wunderbare Kuchen wie viele der Frauen hier im Ort? Und sonst, womit beschäftigen denn Sie sich die ganzen Tage?

Ich habe einen Garten, im Garten gibt es immer etwas zu tun; und außerdem werde ich demnächst Großmutter.

Crostata d'albicocche ist nämlich mein Lieblingskuchen, sagte er darauf.

Sie hätte ihn erwürgen können.

Lino hatte ihm also auch davon erzählt. Und ihm vielleicht sogar angeboten von der Crostata, die sie an seinem Namenstag, als sie ihn nicht antraf, in den Kasten neben dem Hauseingang gestellt hatte, in der Hoffnung, er werde das Aprikosen-Gebäck schon finden und verstehen, von wem es ist.

Dass der Filmemacher, seit er die Sommer hier alleine verbringt, von diversen Frauen im Dorf zum Essen eingeladen wird, wissen alle hier; heute bei der einen, morgen bei einer anderen. Sie erzählen sich und prahlen, was sie ihm offerieren. Alle scheinen ihn zu mögen, und sei es auch nur, weil er ihre Koch- und Backkünste so überschwänglich lobt. Auch dass er häufig bei der schönen Turnlehrerin einkehrt, die während der langen Sommerferien täglich durchs Dorf joggt und hinauf in den Wald, in buntem Sportzeug, fast immer kurzärmlig und mit nackten Beinen, während ihr Mann unten in Piacenza in seiner Kanzlei hockt und nur Samstag-Sonntag nach Collalta heraufkommt, auch das wissen alle.

Nein, für den Filmemacher würde sie nicht ein einziges Ei in die Pfanne hauen!

Aber für Lino.

Für Lino hätte sie gerne gekocht. Sie als Frau allein, er als alleinstehender Mann, warum sollte sie nicht für ihn mitkochen!

Übrigens, Signora, rief der Filmemacher ihr noch nach, als sie bereits auf der Straße war, das interessiert Sie vielleicht: Lino kommt jetzt gleich vorbei! Beim Stutzen der Bäume ist mir ein Ast so aufs Telefonkabel gefallen, dass es gerissen ist. Lino wird es zusammenflicken;

er kann das; so wie er alles kann. Denn ganz ohne Telefon- und Mailverbindung fühlt es sich doch sehr einsam an hier oben, auch wenn keine Mails und keine Anrufe kommen, aber es könnten.

Einen Moment lang war sie versucht zu warten, bis Lino auftauchen würde – ihr Zögern schien der Filmemacher wahrzunehmen, er sagte:

Immer, wenn Lino kommt, trinken wir erst einmal einen Kaffee; einen richtigen italienischen Caffè. Lino ist ein Meister im Zubereiten von Caffè, die Prozedur scheut er nicht; wohingegen ich ja durchaus auch mal Nescafé trinke; was Lino überhaupt nicht verstehen kann. Und Sie, trinken Sie auch gerne mal einen Caffè?

Ursina, die Hände noch auf der Brust, merkt: das Herz tut wieder fast unmerklich, was es soll; und unter ihren Fingern spürt sie jetzt die hautwarmen Perlen der Korallenkette, die Großmutter Irene ihr zur Ersten Kommunion geschenkt hatte. Kleine, dunkelrote, auf mattgrünes Seidenband gefädelte Perlen, die sie ihr übergab mit den Worten:

Die Kette ist aus dem Land meiner Vorfahren, und so wie sie mir Glück gebracht hat, soll sie auch dir Glück bringen!

Es ist vielleicht das Einzige, was Irene mitbrachte, nur was sie auf ihrem Leib trug, damals, als Iacopo aus dem Krieg nach Collalta zurückkehrte, zusammen mit ihr. Um sie vor dem Tod zu bewahren, habe er sie unter seine Fittiche genommen – so die Familienlegende.

Was geschah mit dem Rest ihrer Familie? Als ob es diese Familie nicht gegeben hätte, wurde darüber nie ein Wort verloren; erzählt wurde nur, dass sie aus einer koptischen Familie stammte, ursprünglich aus Alexandria, die westwärts zog und sich in Tobruk niederließ. Dort habe Iacopo Irene gefunden und zu sich genommen. Mehr wurde nie gesagt.

Irene muss sehr jung gewesen sein, fast noch ein Kind. Sie wusste ihr Geburtsjahr nicht, auch nicht, wo sie das Licht der Welt erblickt hatte, ob noch in Alexandria oder bereits in Tobruk oder vielleicht unterwegs. Nur wann sie starb, ist im Kirchenregister von Collalta verzeichnet, 1956.

Was für eine zierliche kleine Person Großmutter Irene war! Ihr feines, schmales Gesicht, das Haar schlohweiß und sehr dicht, dunkle, quicklebendige Augen; aber ihr Blick – etwas lag darin, etwas nie Ausgesprochenes; eine Frage, ein Schmerz, Trauer, Sehnsucht? Sie sprach sehr leise, flüsternd fast nur. Ob sie jemals Geschichten erzählt hat oder Märchen oder Legenden aus dem Land, aus dem sie stammte?

Aber ihre Hände! Wenn sie ihr, der Enkelin, übers Haar strich und ihr Wangen und Kinn und Hals streichelte, fühlte es sich an wie Schmetterlinge, so leicht und so zart, wie Engelsflügel.

Alles, was Großmutter Irene anfasste, was sie machte, was sie tat, immer tat sie es leicht und selbstverständlich, ganz unaufgeregt und doch voller Hingabe; als ob sie von einem Zauber umgeben sei, als ob sich ihr mit ihrem Tun eine geheimnisvolle Wunderwelt eröffnete.

Wie wenig sie von dieser Großmutter weiß!

Ursina rafft sich auf, um nun endlich doch hinüber zur Kirche zu gehen; und hört, kaum betritt sie den Platz, aus dem Tal herauf das knatternde Geräusch von Motorrädern. Sie bleibt stehen, wartet, bis die Motorräder, ein ganzer Pulk, bunt und glänzend und höllisch lärmend, quer über den Platz und die Passstraße hinaufgebraust sind.

Endlich einmal vor nicht allzu langer Zeit hatte sie nachgeschaut und verstanden, warum auch heute noch niemand je über den »Italienisch-Türkischen Krieg« spricht: weil es ein extrem brutaler Annexionskrieg war.

In den angeblich fast unbesiedelten Provinzen Tripolitanien und Cyrenaika, damals noch osmanisch, sollte für Italien »neuer Lebensraum« erschlossen werden. Aber das Land war nicht unbesiedelt, zeigte sich; Araber und Berber lebten dort; und setzten den italienischen Eindringlingen heftigen Widerstand entgegen; der schließlich durch Brandschatzung, Massenhinrichtungen und Deportationen gebrochen wurde.

Und aus diesem so unvorstellbar grausamen Krieg kehrte Iacopo, der Soldat, in sein Dorf Collalta zurück mit Irene, dem Mädchen aus Tobruk, und gründete mit ihr die Familie, aus der auch sie, Ursina, hervorgegangen ist!

Wie konnte er das Mädchen denn einfach so mitnehmen?

Er habe Irenes Ermordung verhindert, indem er sie zu sich nahm – so die schlichte Überlieferung –, und im folgenden Winter, als Schnee lag, sei er nach Collalta zurückgekehrt, zusammen mit ihr, die sehr jung und offenbar umwerfend schön gewesen sein muss; und im folgenden Jahr dann das erste Kind gebar. Acht weitere folgten, sämtlich verzeichnet in den hiesigen Taufregistern, sechs davon Söhne – alle bis auf einen längst tot, verheizt im Zweiten Weltkrieg.

Die Ängste und Schrecken in den Kriegen, und die vielen sinnlosen Tode – ja, es wurde gebetet, geseufzt und im Stillen sicher auch geweint; aber gesprochen – nie!

Ursina geht nun endlich doch schräg über den Platz auf San Marco zu –

Ob Irene den Übertritt in die katholische Kirche in ihrem Herzen vollzogen hat? Kaum vorstellbar! Und als der Zweite Weltkrieg zu Ende war, der Faschismus besiegt und die nordafrikanischen Kolonien für Italien verloren, was dachte Irene, was empfand sie? Und später, als diese Länder unabhängig wurden, hat sie es überhaupt wahrgenommen?

Nie hat sie die Großmutter nach dem Land ihrer Herkunft gefragt.

Erst jetzt, da sie selbst älter ist, als Großmutter Irene je wurde, taucht ihr die Frage auf; jetzt, da sie sich fragt:

Wie hat sie selbst ihr Leben gelebt, was hat sie daraus gemacht aus dem, was sie mitbekommen hat?

Von Großmutter Irene übernommen hat sie zweifellos die Liebe zum Garten.

Wie zärtlich sie mit den Pflanzen umging! Wie sie mit Fingerspitzen über sie strich, als ob sie sie liebkose, und an ihnen schnupperte und vor sich hin murmelte, als ob sie mit ihnen spreche. Und wie es duftete bei ihr im Haus – all die zum Trocknen aufgehängten Kräuterbüschel, und die Gewürze in ihren Speisen; nirgends roch es so wie bei ihr!

Ursina bleibt, als neuerdings heranbrausende Motorräder zu hören sind, in der Mitte des Platzes stehen und wartet, bis auch dieser Pulk vorbeigedonnert ist, die Passstraße hinauf. Sie schaut ihnen nach, bis es wieder still ist.

Ja hier, genau hier war es! Hier mitten auf dem Platz. Als ob er einen Haken schlage, ist Lino plötzlich abgedreht, und einfach verschwunden.

Was hat das mit Stolz zu tun!

Aber jener Ausblick, den Lino ihr damals versprach –

An einem klaren Spätherbsttag ist sie zur Passhöhe hinaufgefahren, stellte das Auto ab und fand schließlich den von Gestrüpp zugewachsenen Pfad, der zu jener Felskante führt, wohin Lino sie damals bringen wollte.

Büsche und Bäume prangend in ihrer Herbstpracht, goldgelb die Eichen, hellgelb die Akazien, in tausenderlei Rottönen das Macchie-Gestrüpp; die staubig hellen Flächen der abgeernteten Felder weiter unten, in der Ferne, wie ein gewürfeltes Tuch, die Poebene, und dahinter die Alpen, wolkenbekränzt der Fuß, darüber glasklar der Himmel.

Und dann die Frage, wie ihr Leben anders hätte sein können.

Nein, ein Leben mit Lino wäre nicht möglich gewesen. Auch heute wünscht sie es nicht. Nur ihn sehen manchmal und mit ihm sprechen, über damals und über heute; und hin und wieder für ihn kochen, das immerhin. Mehr wünscht sie nicht. Nicht mehr.

Nur nachts in ihren Träumen. Träume voller Zärtlichkeit und Lust, ja, in ihrem Alter, und Wärme und Geborgenheit.

Und noch immer im Aufwachen Linos Hand auf ihrem Rücken.

Ursina schaut hinüber zur Häuserecke, hinter der Lino damals verschwand –

Ob er zu jenen Frauen unten an der Straße geht?

Als sie die Frauen zum ersten Mal an der Straße sitzen sah, in der Ebene hinter Piacenza, dachte sie nichts weiter, nur dass sie Melonen oder Pfirsiche oder Aprikosen oder was auch immer verkauften; dann erst sah sie, so wie sie unter ihren bunten Sonnenschirmen sitzen, mit nackten Beinen und Brüsten, die aus ihren Trägerhemdchen zu hüpfen scheinen, wozu sie einladen.

Ja, das Träumen von Lino wird vergehen mit der Zeit, das Wünschen und Sehnen, und das Begehren; und irgendwann auch seine Hand auf ihrem Rücken.

Ursina betritt die Stufen von San Marco, fasst den Türknauf, zieht die schwere Pforte auf, ein kühler Luftzug weht ihr entgegen; und als sie die innere Tür öffnet, umfängt sie, geblendet noch von der Helle draußen, Dunkelheit –

Ob sie heute auch für Lino eine Kerze anzünden soll?

Vielleicht hilft es –

Auch noch beim zweiten Treffen glaubte sie sich frei von allen weiteren Wünschen, als sie sich gegenübersaßen, Wein in Maßen tranken und über ihre gemeinsame Studienzeit sprachen, und dass sie nichts weiter wissen wollte von ihm als nur, wie er sein Leben gelebt hatte.
Welche Kurse an der Uni hatten sie besucht, welche Vorlesungen gehört, im Theater welche Stücke gesehen, was unternommen in der Stadt – sie staunten, wie ungenau ihre Erinnerungen waren, wie verschieden auch, seine und ihre, und welche Lücken!
Und gleichzeitig fragte sie sich auch: Was eigentlich hatte sie damals zusammengebracht und was auseinander?
Was sie verwirrte: wie er, während sie sich unterhielten, Assja, die neben ihm auf dem Sofa lag, ihre Schnauze auf seinem Schoß, immerzu kraulte; wie er dem Hund über Kopf, Hals und Rücken strich, innehielt, von neuem begann, immer wieder, ziemlich mechanisch, jedenfalls ohne dass er wahrzunehmen schien, was seine Hand tat.
Assja war es recht, wie es war. Sie war, die Augen geschlossen, regungslos die Ohren, ganz Hingabe. Nur wenn er aufstand, um neue Musik aufzulegen, oder um etwas zu holen, ein Buch, ein Notizheft, stellte das Hundetier die Ohren auf und schaute zu ihm hin; auch, wenn sie, die Fremde, über einen seiner seltsamen Scherze in Lachen

ausbrach, oder sich erhob, um das Bein zu wechseln, auf dem sie saß.
Und plötzlich dann die verstörende Frage: Wie aber streichelt er eine Frau?
Nein, so wollte sie nicht gestreichelt sein!
Außerdem, sagte sie sich, wollte sie ihn ja nicht als Mann. Und, wenn überhaupt, wäre er ganz sicher nur zu haben im Doppelpack: Mann mit Hund – was sie definitiv nicht wünschte. Sie versuchte es lachend:
– Erstaunlich, dass ein Hund so endlos gestreichelt werden mag!
Er schaute sie an, überrascht und verschmitzt zugleich, lächelte, sagte nichts.
– Ich meine, wenn du den ganzen Tag nichts anderes tun würdest, als immerzu Assja streicheln und kraulen, hätte sie nicht irgendwann genug?
– Habe ich nicht ausprobiert. Aber Hunde schlafen ja auch sehr viel, ganze halbe Tage verschlafen sie. Assja rührt sich oft stundenlang nicht, während ich an der Arbeit sitze. Erst wenn ich beschließe, dass nun genug sei, und bevor ich den Gedanken überhaupt zu Ende gedacht habe, reckt sie schon den Kopf aus ihrem Korb, steht auf und stellt sich voller freudiger Erwartung neben mich.
– An Katzen gefällt mir, dass sie sich nehmen, was sie brauchen, wann es ihnen gefällt.
– Ja, auch ich habe früher Katzen lieber gemocht, aber dann ist mir halt Assja zugelaufen.
– Und nun seid ihr ein eingespieltes Team?, sagte sie und lachte wieder.

Warum nur lachte sie immerzu!
– Eingespielt, ja, so kann man sagen. Und lächelnd fügte er hinzu: Kennst du den Unterschied von Hund und Katze? Weißt du, wie die Katze den Menschen sieht und wie der Hund?
– Du kennst Hund und Katze so gut, dass sie es dir erzählt haben?
– Der Mensch muss ein Gott sein, dass er so genau weiß, was gut und richtig ist für mich, sagt sich der Hund. Und die Katze sagt: Ich muss ein Gott sein, dass der Mensch mir so vollkommen zu Diensten ist, mich hereinlässt und wieder hinaus, mir den Futternapf füllt und mich krault, wann immer ich es wünsche.
Nun lachte sie schon wieder; und sagte, genau dies sei ihr Problem mit den Hunden: die Abhängigkeit vom Herrn, die Fixiertheit auf ihn.

Aber als sie sich schließlich doch einließ auf den Mann mit dem Hund: Schau dir an, wie es mit einem Hund wirklich ist! Schau genau hin! Schau, ob dein Urteil, das auf keiner Erfahrung beruht, stimmt!
Und tatsächlich, auf jenem Spaziergang, der eigentlich kein Spaziergang war, sondern notwendiges Ausführen des Hundes im nahen Stadtpark: zum ersten Mal in ihrem Leben sprach sie mit einem Hund!
Assja, die weit vorausgelaufen war und nicht mitbekommen hatte, dass ihr Herr zum Pinkeln hinter einen Schuppen verschwunden war, schaute, als sie zurückgelaufen kam, sich suchend nach ihm um, dann zu ihr, mit schräg gelegtem

Kopf und Hundeblick nach ihm »fragend« – worauf sie tatsächlich sagte:
– Hab keine Angst, Assja, der kommt gleich wieder! Und sie meinte sogar, dass das Tier ihre Menschenworte verstanden habe.

Befremdlich allerdings fand sie, als sie, zurück vom Stadtpark, vor seiner Wohnungstür standen, wie er aus einem Kasten einen Lappen nahm und erst nachdem er Assja die Pfoten damit abgewischt hatte, sie in die Wohnung einließ; und dass auch er, kaum im Flur, aus seinen Schuhen herausschlüpfte und hinein in, nein, nicht Puschen, sondern etwas wie Schlappen, die auf den Holzdielen klackten.
Ob auch sie ihre Schuhe auszog?
Anzunehmen ist es. Auch sie hatte sich inzwischen ans Schuheausziehen gewöhnt in jener Stadt mit den vielen Hunden, deren Besitzer sich um den Kot ihrer Köter wenig scheren.
Da sie Gäste-Hausschuhe sicher abgelehnt hätte, ist denkbar, dass sie auf Strümpfen ging. Oder barfuß; immerhin war Sommer. Vielleicht war sie sogar froh, die engen Pumps nach dem Gang durch den Stadtpark loszuwerden. Zudem konnten sich ihre Füße sehen lassen: schlanke Fesseln, flacher Rist, lange, schmale Zehen; orthopädisch gesagt ein »griechischer Fuß«. Außerdem waren ihre Fußnägel frisch lackiert – nein, nicht für ihn, nicht seinetwegen hatte sie es getan am Tag zuvor; sie mochte ganz einfach gut gepflegte Füße.

Kaum in der Wohnung, noch im Flur, fragte sie nach einer Toilette.
– Willst du die schöne oder gleich hier die Besenkammer?
Was er mit »schön« meine.
– Die ist ganz hinten, am Ende der Wohnung, da muss ich dich hinbringen.
– Zum Pinkeln reicht wohl die Besenkammer, oder nicht?
Sitzend auf der Toilette in der Besenkammer, wartend, bis er im Flur nicht mehr zu hören war, spürte sie die glatten, kühlen Bodenfliesen unter ihren Fußsohlen – also muss sie doch barfuß gewesen sein.
War sie barfuß auch in der Küche, später, als sie gemeinsam ein Essen bereiteten?

Nach dem Essen jedenfalls, als sie sich auf den weißen Sofas gegenübersaßen, waren ihre Füße sicher nackt; mal zog sie, während sie sich unterhielten, das eine Bein unter sich, mal das andere. Und er, auf dem anderen Sofa schräg gegenüber sitzend, hatte wie gesagt Assja neben sich liegen; auf einem extra Tuch.
– Ja, das ist das Hundetuch, wegen der Hundehaare. Heute würde ich keine weißen Sofas mehr anschaffen. Aber damals hat es Assja halt noch nicht gegeben.
Sie fragte nicht, wann er die Wohnung bezogen hatte. Unübersehbar schien ihr, dass es zusammen mit einer Frau gewesen sein muss, vermutlich jener, die ihn vor drei Jahren verließ. Besonders in der Küche, alles zeugte von einer Frau – als ob sie gerade erst die Schubladen zugeschoben hätte und zur Tür hinausgegangen wäre.

Woran eigentlich machte sie es fest?
Reine Männerwirtschaft sieht anders aus, war sie sich sicher. Auch, wie er die Gerätschaften zusammensuchte, unwillig und leicht resigniert, wie er aus dem Schrank das Brett herauszog, ein Messer und die Zahnstocher dazulegte, die Kalbsschnitzel und den Parmaschinken auspackte und die Salbeiblätter von den Stängeln zupfte; und wie er sagte:
– Saltimbocca, das magst du doch hoffentlich!
– Ich mag alles, was du mir anbietest!, sagte sie; und fragte, im Schrank neben dem Herd nach passendem Gewürz für den Reis suchend, ob er Nelken und Kardamom habe.
– Eher nicht. Früher gab es hier alles. Immer habe ich mit Leuten zusammengelebt, die fantastisch kochen konnten, und immer war in der Küche alles, was man braucht, aber jetzt, seit ich allein bin –
– Meinst du mit »Leuten« deine Frauen?
– Ja; aber nicht nur. In den Zeiten der Wohngemeinschaften gab es auch immer Männer, die hervorragend kochten. Die Frage, wer kocht heute, stellte sich nie. Die rissen sich gegenseitig den Kochlöffel aus der Hand. So bin ich mein Leben lang ums Kochen herumgekommen.
– Das heißt, du bist ein Glückspilz, du hast dein Leben lang mit den richtigen Leuten zusammengelebt.
– Wenn du es so siehst – ja. Aber jetzt, als alter Mann, muss ich es wohl doch noch lernen.
Sein Lächeln gefiel ihr, die Ironie darin.
– Du Armer, du tust mir wirklich leid!
Darauf sagte er nichts; und lächelte auch nicht mehr, sondern heftete weiter mit Zahnstochern Salbeiblätter und

Schinken aufs Fleisch. So dass sie, nach einer Weile des Schweigens, sich fragte, ob sie ihn mit ihrem Spott vielleicht doch gekränkt habe, und versprach, eines Tages werde sie für ihn einen indisch-pakistanischen Reis zubereiten mit allem Drum und Dran.

– Ja, schön, sagte er. Mehr sagte er nicht.

Ob sie ihn bedrängt hatte mit ihrem Wunsch, für ihn zu kochen? Und gleich dann stellte sie überrascht fest: Sie ging ganz selbstverständlich davon aus, sie würden sich wiedersehen – obwohl das Gespräch zähflüssig lief und bereits damals sich Beklommenheit breitzumachen begann ob all dem Nichtgesagten.

Diese Küchen-Episode hatte er längst vergessen, als sie ihn später einmal daran erinnerte. Auch dass sie, mit untergeschlagenen Füßen auf dem Sofa sitzend, fahrig nach dem Wasserglas griff und es umschmiss, wusste er nicht mehr.

Ihr Schreck damals hatte Assja aufspringen und sich ins Nebenzimmer verziehen lassen, während er, ganz ohne Hektik, Küchenkrepp holte und das Wasser vom Glastisch und vom Fußboden aufwischte.

– Wie peinlich mir das ist!

– Warum? Wein wäre schlimmer gewesen.

Nicht vergessen aber hatte er, dass Assja, als sie aus dem Nebenzimmer wieder auftauchte, nicht zurück zu ihm aufs Sofa sprang, sondern sich vor sie hinlegte, auf ihre nackten Füße – und: dass sie die Füße hochzog.

– Tut mir leid, ich mag das nicht.

– Assja komm her, sie mag dich immer noch nicht!

Ob sie sich vorstellen könne, irgendwann einmal auf das zarte Sich-ihr-zu-Füßen-Legen von Assja zu antworten, fragte er sie später, in einem seiner ersten Mails, oder ob sie es nur ihm zuliebe tun würde.
In jenem Sommer war er für längere Zeit im Ausland unterwegs, beruflich, und hatte per Mail den Kontakt wiederaufgenommen. Das hatte sie nicht erwartet; aber gewünscht hatte sie es. Und aus der Mailerei hin und her entspann sich, leicht und heiter, ein sommerliches Wünsche-Spiel; und bald schon zeigte sich eben: am Hund kommt sie nicht vorbei. Bereits sein zweiter Wunsch betraf Assja!
Eine halbe Nacht lang versuchte sie eine Antwort, löschte, begann neu, wieder und wieder; um alles in der Welt wollte sie ihn nicht schon verlieren, nur wegen des Hundes. Aber auch nicht sich verleugnen wollte sie oder sich rechtfertigen, dass sie den warmen Hundeleib auf ihren nackten Füßen wirklich nicht mochte.
Bei deinem ersten Wunsch dachte ich nicht an Assja, schrieb sie, aber als du schriebst, nachts hättest du dir mich in deinem Bett vorgestellt und dass es sehr warm war in meinen Armen, da allerdings stellte ich mir dich meinerseits bei mir im Bett vor; und ich fragte mich: Wo wäre Assja unterdessen, nebenan in der Küche?
Sie wollte sich unbedingt über ihr Verhältnis zum Hund Klarheit verschaffen, um ihn, den Mann mit Hund, nehmen zu können, wie er ist: ein Mann mit einem Hund.
Von Bocca di Magra schrieb sie, einem kleinen Ort an der ligurischen Küste, wo sie mit Mutter und Geschwistern im Urlaub war:

Vierzehnjährig damals gefiel mir sehr, dass die italienischen Jungen hinter mir her pfiffen; und meiner Mutter gefiel, dass die ihr Mutter-Veto respektierten, das mir untersagte, alleine mit ihnen loszuziehen. Es doch zu tun, versuchte ich nicht; eigentlich wollte ich ja nichts weiter von denen, als nur gesehen und bewundert werden, und hinter mir her ihr »Ciao Bella!« hören.

Aber ich scheute mich nicht, über Mauern zu klettern, um an reife Feigen heranzukommen. Einmal allerdings hatte ich mich verrechnet: der Hund im Hof schlug, als ich oben auf der Mauer saß, heftig an; aber er war, sah ich, an einer Kette, also sprang ich doch hinab, worauf sich der Hund, ein schwarz-grauer Schäferhund, auf mich stürzte. Die Hundekette war nicht fest, sondern glitt lose über einen unter dem Dachüberstand gespannten Draht, so dass sein Radius bis an die Mauer reichte. Der Biss in meinen rechten Arm war nicht sehr tief und nicht wirklich gefährlich, nur meinte der Dottore, Tollwutgefahr bestehe durchaus; und ich musste für den Rest der Ferien mir von ihm täglich eine Spritze verpassen lassen in meinen armen Bauch, der hart und härter wurde und schließlich sich anfühlte wie ein Brett, was sehr schmerzhaft war.

Natürlich hatte ich dann für viele Jahre höllische Angst vor Hunden. Erst auf meinen Wanderungen in Griechenland und in der Türkei lernte ich: Trag einen Stock in der Hand, wenn du über Land gehst, und nimm einen Stein in die andere, falls Hirten- oder Hofhunde auftauchen, damit sie erkennen: du bist der Herr, Angst hast du keine. Na ja, drauf ankommen lassen musste ich es nie.

Und von ihrer tiefmelancholischen Mutter schrieb sie, die auf ihren einsamen Jungmädchenspaziergängen immer den Hund, einen Neufundländer, bei sich hatte und später auf die Frage der Tochter, warum sie denn nun keinen Hund mehr hätten, antwortete: Jetzt habe ich ja Kinder, da brauche ich keinen Hund mehr.
Und von einem alten Freund erzählte sie, einem Therapeuten, der einem Patienten nicht verweigert hatte, seinen Hund mitzubringen. Stunde um Stunde saß das Tier artig und still neben seinem zu therapierenden Herrn; bis der eines Tages, als der Therapeut zusammenfasste, was während der Sitzungen aufgetaucht war, zum Hund sagte: Hörst du, was alles der böse Mann da über mich sagt!?
Und von Rebecca, einer Freundin in Hannover, die sich mit einem neuen Mann zusammentat, der einen Pudel hatte, und dass dieser Pudel das Mittel- oder eigentlich Herzstück der neuen Beziehung wurde. Sie habe ihre Freundin kaum wiedererkannt, sosehr wie die das affige Getue um dieses Hundetier mitmachte. Am Tisch zu sitzen mit den beiden, ohne ständig übers Tier reden zu müssen und ihm immer wieder Beachtung zu schenken, war kaum möglich; als ob es das Einzige sei, was das neue Paar verband. Ja, eine Stinkwut habe sie gehabt auf den neuen Freund ihrer Freundin, so völlig auf den Hund wie die in dieser Beziehung kam. Und ewig lange hat es gedauert, bis sie sich, nachdem der Mann mitsamt Pudel verschwunden war, erholte von dem Spuk. Was aber kann, frage sie sich natürlich auch, das arme Pudeltier dafür!

Ihre Erlebnisse mit Tieren – glaubte sie wirklich, dass es ihn interessiere? Ausgerechnet ihn, für den das Tier keine Frage ist? Sie fragte es sich nicht, sondern schrieb weiter und weiter, Stunde um Stunde.

Von den Zwerghasen ihrer Kinder erzählte sie, dass eines Morgens nur noch einer im Stall war; der weiße Hase fehlte. Vermutlich hatte der Marder ihn geholt, oder der Fuchs; jedenfalls bin ich in der Nacht wach geworden von einem herzergreifenden Tierschrei – es muss der Todesschrei des weißen Hasen gewesen sein.

Und von Julian schrieb sie, dem Sohn von Freunden, der von klein auf Fische liebte. Immer in den Sommerferien war er, zusammen mit seinem Vater, angeln und schnorcheln in den felsigen Buchten von Menorca; und oft fuhren sie auch mit den Fischern hinaus aufs Meer. Dass die Fische, die sie fingen, getötet und gegessen wurden, hat Julian nie in Gewissensnöte gestürzt, im Gegenteil, Julian lernte früh den Lauf des Lebens der Fische im Verhältnis zum Menschen kennen und akzeptieren.

Schon als er noch ganz klein war: Damals spielte er mit den Forellen, die sie beim Forellenzüchter gekauft hatten, ließ sie im Waschbecken, als ob sie noch lebendig seien, sich durch die Hände flutschen; und in der Mittagsruhe dann lagen sie in einer Schüssel neben seinem Bettchen so, dass er sie sehen konnte, bis ihm die Augen zufielen; was ihn abends, wenn sie gekocht oder gebraten auf den Tisch kamen, nicht hinderte, mit großer Lust eine ganze Forelle zu vertilgen.

Julian ist Meeresbiologe geworden, seinen Master hat er

mit höchster Auszeichnung gemacht; heute forscht er in Santa Cruz am Institut für Meeresbiologie über die Wanderung der Fische in unterschiedlichen Meerestiefen. Und übrigens: er ist Vegetarier, aber Fische, die isst er.
Und weiter schrieb sie von Nikolaus und Nora, ihren beiden Enkelkindern: die größte Attraktion für die beiden ist der Besuch auf dem Hof von befreundeten Biobauern. Als Erstes stürmen sie in den Stall, zu den Boxen der Kälber, jenen, die noch Milch zu saufen bekommen. Und immer dann macht die vierjährige Nora, was einer der Stalljungen ihr gezeigt hat: sie steckt ihre Kinderhand in ein Kälbermaul. Und wenn die raue Kälberzunge sich um ihre Finger legt und das Kälbermaul saugend zu lutschen beginnt, durchzuckt es Nora, aber sie zieht ihre Hand nicht zurück, sondern spürt, jedes Mal wieder, der warmen feuchten Kälberschnauzenlust nach. Nikolaus, ihr älterer Bruder, schaut staunend zu und versucht es ebenfalls; und auch er zuckt zusammen und zieht seine Hand ebenfalls nicht zurück. Aber er muss diesen Lustschauer nicht immer wieder erleben, sondern geht zu den Kälbern, die schon Heu und Möhrenschnitzel kauen, krault sie am Kopf, und schaut drüben im Stall beim Melken zu, wie die Zitzen erst gereinigt, dann die Saugnäpfe der Melkmaschine angesetzt werden, und will wissen, warum die eine Kuh nicht gemolken wird, und was es heißt: sie steht trocken, und warum es so sein muss, und so weiter. Nora hingegen will die Tiere hautnah erleben.
Ebenso mit den Katzen: Nora greift sich eine mit sicherem Griff und hält sie fest und krault sie und bringt sie zum

Schnurren, und zerschmilzt dabei vor Glück. Nikolaus mag auch gerne eine Katze im Arm halten, schafft aber selten, sich eine so zu schnappen, dass sie ihm nicht gleich wieder vom Arm springt; wenn es ihm doch gelingt, zergeht auch er fast vor Glück – ein Glück, das er, im Gegensatz zur kleinen Schwester, benennt: Wie seidig sich das Fell anfühlt, wie warm das Katzenkörperchen und wie fein darin das pochende Katzenherz zu spüren ist.

Aber zurück zu deiner Frage, zu deinem Wunsch mit Assja: Blumen, Blätter, Gräser, Sträucher, lebendig auch sie, wenn auch vielleicht weniger oder anders beseelt, sie anfassen möge sie sehr, über sie streichen, zwischen den Fingern ihre Beschaffenheit erspüren, wie trocken, spröd, faserig, brüchig sie sind, oder wässrig knackig oder biegsam; auch den Geruch der Pflanzen möge sie, die unterschiedlichen Düfte, und ihre Gestalt, gedrungen oder weitausladend, und das Geräusch, wenn der Wind hindurchgeht, raschelnd, flüsternd, klappernd und so weiter; das ist, schrieb sie, eine Sprache, die ihr sehr nah sei und die sie unmittelbar verstehe.

Oder Textilien: sie zu berühren, ihre Struktur zu erspüren, die pure Lust; geradezu eine Offenbarung sei ihr, wenn sie zum Beispiel die ganz und gar mit Seide bestickten Decken aus Usbekistan nicht nur mit den Augen anschaue, sondern mit den Fingern darüberstreiche – was in Europa ja meist nicht angebracht sei, andernorts aber durchaus üblich; besonders in den Basaren, wo ja oft nur aufs eigene Fingerspitzengefühl Verlass ist, um herauszufinden, ob, was gefällt, tatsächlich aus Seide oder aus Wolle oder Leinen ist, oder eben doch aus Kunstfaser.

Zugegeben, Textilien sind nicht lebendig wie Tiere und Pflanzen, aber sie haben Geschichten: Sie erzählen von den Menschen, die sie hergestellt haben, von Raupenzüchtern und Seidenspinnern, von Färbern und Webern, und von den Stickerinnen; und von Festen erzählen sie, die sie einstmals schmückten, aber auch, was mit ihnen seither geschah; wohin gelangten sie, wer waren die Händler, die Käufer, die Sammler und Liebhaber all dieser kostbaren Schätze.

Durchs Fell das Pulsen des Herzens von Assja zu spüren, die Wärme ihres Körpers, und ja, auch den zarten Druck des Leibes auf ihren Füßen – schon möglich, dass es ihr etwas sagen könnte übers Tier im Allgemeinen oder auch als einzelnes Wesen; es sei aber keine Sprache, die sie unmittelbar verstehe, auch nicht unbedingt zu verstehen wünsche. Der spontane Zugang zu Tieren fehle ihr. Aber vielleicht könnte sie diese Sprache ja lernen, und damit eine ihr bis dahin unbekannte Welt sich eröffnen, die ihr die Tiere in ihrem Tiersein näherbrächte.

Die Antwort auf seine Frage sei also: Nein, vorstellen kann ich es mir nicht. Wenn du aber wünschst, mich in diese Tierwelt einzuführen, kann ich leicht und einfach und sehr frei sagen: Ja, wunderbar!

Dann würde ich nicht dir zuliebe Assja auf meinen Füßen eines Tages vielleicht mögen, sondern an sich.

Das Wunder beim Wünschen ist doch, dass es frei ist von jeder Forderung. Du selbst hast mir den Schlüssel zum Wünschen in die Hand gegeben, damals auf jenem ersten Spaziergang um den See.

Endlich dann schrieb sie noch, wie sehr sein Wunsch sie umgetrieben habe. Seit Stunden sitze sie am PC, um auf eine so einfache Frage zu antworten. Das könne ja noch heiter werden mit dem Wünschen. Und schloss mit dem Wunsch, dass es so kompliziert nicht oft sei zwischen ihnen.

Als sie ins Bett schlüpfte, dämmerte es schon fast; und am nächsten Morgen schrieb sie einen Nachtrag:
Mir ist so kalt geworden in der Nacht beim Schreiben an dich, dass ich mir eine Wärmflasche machte, und dann, endlich im Bett, fiel mir noch ein, wie du damals auf dem Sofa gesessen hast, Assja neben dir, ich schräg gegenüber; viel erzählt hatte ich nicht, aber ich erinnere sehr genau, wie du Assja gestreichelt hast, immerzu, und dass ich mich fragte: Wie wäre es, von ihm gestreichelt zu sein?
Mit diesem Bild schlief ich ein; und träumte, ich sitze auf jenem Sofa. Du hast deinen Kopf in meinen Schoß gelegt, ich sage zu dir: Sei unbesorgt, ich pass schon auf deine Assja auf, schließ ruhig die Augen! Assja, die im Traum auf der anderen Seite neben mir liegt, reckt ihren Kopf, schaut zu dir hin; da du nicht reagierst, schaut sie zu mir. Schau, Assja, wie gut es ihm geht, sei ganz ruhig, ich tue ihm nichts zuleid! Worauf Assja sich hinlegt und die Augen schließt, und ich – ich lege eine Hand auf ihren Rücken. Und die andere Hand lege ich dir auf die Brust. Du reagierst darauf mit einem tiefen Atemzug. Worauf Assja noch einmal die Ohren spitzt, sich aber nicht weiter regt. Mit meinen Fingern streiche ich dir über Augen, Nase, Lippen und Kinn, über den Hals zum Schlüsselbein, ich öffne zwei Knöpfe

von deinem Hemd, lege meine Hand auf deine Brust, spüre deine Haut, dein Herz –
Und beim Aufwachen, ja, da war mir wunderbar warm.
Seine Antwort kam prompt: Ich war – nicht nur im Traum – bei dir.

Damals aber, als sie ihre Füße hochgezogen hatte und Assja wieder zurück zu ihm aufs Sofa sprang und er mit seiner Hand wieder über sie strich, weiterhin ziemlich mechanisch, warum blieb sie noch immer sitzen, obwohl das Gespräch längst ins Stocken geraten war?
– Eigentlich sollte ich jetzt gehen, sagte sie, aber ich bin zu betrunken, einen Moment muss ich noch warten, um wieder fit zu sein fürs Auto.
Er schenkte ihr noch einmal Wasser nach und sagte lächelnd, skeptisch und zärtlich zugleich:
– Wovon bist du denn betrunken, die Flasche ist noch nicht einmal ganz leer.
Sie hatte sich zurückgehalten. Keinesfalls wollte sie aus Betrunkenheit sich irgendetwas vermasseln. Noch einmal versuchte sie es leicht:
– Vielleicht hast du ja was in den Wein gemischt –
Und gleichzeitig wusste sie: Diese Situation, die kenn' ich doch! Diese nächtliche Szene, die, was auch immer du tust und sosehr du dich vorsiehst, unwiderrufbare Folgen haben wird. Und eine klare Ahnung beschlich sie, dass sie den Boden unter den Füßen verlieren würde, wenn sie jetzt nicht sofort ging.
– Jetzt gehe ich, jetzt kann ich es! Sie sagte es sehr entschie-

den, stand auf, ging in den Flur, schlüpfte in ihre Pumps, bedankte sich, Küsschen Küsschen, für den netten Abend und griff nach der Türklinke; und ging tatsächlich.
Aber dann die Nacht voller wilder Träume – und am Morgen der Entschluss, dass sie es nun wirklich wissen will.

Ja, schon damals wollte sie, auch wenn sie es sich nicht eingestand, dass etwas zustande käme zwischen ihr und ihm.

Zürcher Oberland. Sommer

Ursina geht über den Hof, auf Zehenspitzen, um den Kies nicht knirschen zu lassen, sie schließt das Auto auf, setzt sich hinein, zieht die Tür vorsichtig heran; der kleine Knall dann; sie schaut hinauf zu den Fenstern im dritten Stock: Nein, kein Licht, keine Bewegung –

Lino hat also nicht bemerkt, dass sie gegangen ist!

Nicht wie damals, im Winter: Bist du verrückt, warum willst du denn gehen! Seine Empörung, als er, aufgewacht, sie auf der Bettkante sitzen und sich anziehen sah; es sei doch nichts passiert! Damals hatte sie ihm geglaubt. Und war zurück zu ihm unter die Decke geschlüpft.

Ursina dreht den Zündschlüssel, lässt den Motor anspringen, setzt rückwärts, dann vorwärts, fährt im Schritttempo aus dem Hof.

Noch ist kein Berufsverkehr unterwegs so früh am Morgen; trotzdem biegt sie von der Hauptstraße, die über Rüti durchs Tal direkt nach Rapperswil hinabführt, bald schon rechts ab, nimmt die Brücke über Bach und Eisenbahnlinie und folgt der kurvenreichen, schmalen Straße durch den Wald hinauf. Noch einmal, ein letztes Mal, diese Strecke fahren quer übers Land!

Noch ist es finster, zu sehen ist nichts, nur die Lichtkegel der Scheinwerfer, die den Baumstämmen entlanggleiten, als ob sie mithüpften.

Wie oft ist sie hier gefahren, morgens, wenn sie von Lino kam? So oft immerhin, dass die Kurven sie nicht mehr überraschen und sie auch bei den Abzweigungen nicht mehr überlegen muss.

Liebe – dies große Wort. Lino sagte, es sei ihm suspekt. Nicht ein einziges Mal hat er es in den Mund genommen. Trotzdem glaubte sie, dass Liebe möglich sei. Sie glaubte, dass sie alt genug seien, um nicht weiter bedienen zu müssen, was sie doch längst als mustergültig erkannt hatten. Sie wollte es glauben!

Ursina öffnet ein Fenster – die hereinströmende Luft, erdig-harzig vom nächtlichen Sommerwald.

Und gleichzeitig hatte sie immer auch gefürchtet, dass sie es eines Tages wieder tun müsse: gehen.

Nun hat sie es getan!

Das Herz jetzt – plötzlich und heftig bis in den Hals. Ob sie anhalten sollte?

Sie öffnet ein zweites Fenster, spürt die durchziehende Luft auf Hals und Gesicht, sie atmet tief und langsam ein und wieder aus, und konzentriert sich auf die Straße.

Hoffentlich sind keine Rehe unterwegs!

Noch nicht einmal ein ganzes Jahr ist es her – noch sind die Kirschen nicht wieder reif.

Ursina lacht; und schaltet zurück in den zweiten Gang, um die nächste Kurve besser nehmen zu können.

Die zufällige Wiederbegegnung in St. Gallen –

Auf der Rednerliste bei jenem Symposium zu Vergangenheit und Zukunft der Schweizer Textilindustrie sah sie seinen Namen: Lino Marconi; und – typisch Lino! – worüber er sprach: Beitrag der italienischen Einwanderer zur Industrialisierung der Schweiz. Ja, so kannte sie ihn von früher!

Lino, der selbstbewusste »Secondo« – bereits damals hatte er sich, als sie beide in Zürich studierten, das Schmähwort zum Orden umgemünzt, ans Revers gesteckt; und gekämpft gegen die grassierende Überfremdungsangst, massiv geschürt von rechts.

Es habe gezündet bei ihm, als er im Kreis 4, damals dem Arbeiter- und Ausländerviertel schlechthin, in ein Restaurant nicht eingelassen wurde mit dem Hinweis auf ein Schild an der Eingangstür »Zutritt verboten für Hunde und Italiener«, da habe der Blitz eingeschlagen bei ihm, sagte er; und von da an habe er gekämpft. Für die Anerkennung ausländischer Arbeitskräfte als Menschen, für ihr Recht auf ein menschenwürdiges Leben in Sicherheit auch vor dem Gesetz. Und als die sogenannte Schwarzenbach-Initiative lanciert wurde, die antrat, die Zahl der Ausländischen zu halbieren – was bedeutet hätte, dass an die Dreihunderttausend die Schweiz hätten verlassen müssen –, in jenem Sommer 1970, als das Schweizer Volk, damals ja immer noch nur die Schweizer Männer, die Initiative zwar knapp, aber doch abgelehnt hatte, war es auch für Lino ein Sieg, ein echter Triumph: *È finita! La grande paura è passata!*

Nein, ein charismatischer Redner war Lino nicht, aber seine unterschwellige Wut, wenn er sprach, und seine schwarze Lockenmähne, die Funken zu schlagen schien.

Seine Locken heute: grauweiß, und sehr viel kürzer gestutzt.

Linos Männlichkeit hatte ihr gefallen damals. Eine Männlichkeit, die er nicht ausspielte; kein aufgesetzter, ein echter Macho war er, wenn auch ein melancholischer; aber wirklich interessiert für ihn als Mann hatte sie sich nicht.

Endlos schrieb er an seiner Dissertation über Arbeitsmigration und ihre gesellschaftlichen Folgen für Herkunfts- und Zielland; ausschließlich davon sprach er. Mag sein, auf anderes hätte sie sich schon eingelassen.

Ein Paar waren sie nur auf der Studentenbühne, im *Kaukasischen Kreidekreis*. Brechts nüchtern-poetische Sprache mochten sie beide, die herbe Schönheit der konkreten Bilder. Und Lino, was Wunder, glaubte auch an die Mission des Stückes »Dass da gehören soll, was da ist, denen, die für es gut sind!«, und auch: das Volk sei durchs Theater zu beeindrucken und zu belehren.

In Sankt Gallen, nach seinem Symposiumsbeitrag, ging sie auf ihn zu und sprach ihn an:

Ist das Fräulein ungeduldig veranlagt? Will es Kirschen im Winter? Erkennst du sie, der du dies vor sehr vielen Jahren einmal gesagt hast?

Lino stutzte, schaute verwundert, lachte: O ja, Grusche! Meine Grusche, die antwortet: *Ungeduldig nicht, aber wenn in den Krieg gegangen wird ohne Sinn, und wenn keine Nachricht kommt, dann ist es schlimm.*

Danach war alles sehr einfach und sehr leicht.

Sie schwänzten die weiteren Symposiumsbeiträge – ihr Vortrag zu den Handelsbeziehungen der Schweizer Textilindustrie mit dem Osmanischen Reich um 1900 stand erst am nächsten Tag auf dem Programm –, sie gingen durch die Stadt und hinter der Stiftskirche die Gassen hinauf; Lino führte sie zu dem alten, mit Schindeln bedeckten Eckhaus, eingezwängt zwischen der Autostraße, die mit vielen Kurven heraufführt, und dem steilen Fußweg direkt durchs Tobel.

Hier, in diesem Haus, habe ich meine ersten Lebensjahre verbracht, sagte er; aber später haben wir weiter oben gewohnt, in einer neugebauten Mehrfamilienhaussiedlung, wo vor allem Schweizer Familien lebten; was echter sozialer Aufstieg bedeutete für uns, raus aus der Gastarbeiter-Bleibe, rein in eine moderne, helle Wohnung. Lass uns hinaufgehen, ich zeig es dir!

Und als sie vor der typischen 50er-Jahre-Siedlung standen: Wie fremd, wie eng es mir heute vorkommt! Seit Jahrzehnten bin ich nicht mehr hier gewesen. Drei Zimmer hatten wir – was für unsereins damals sehr viel war.

Und noch etwas weiter oben, bei den drei Weihern: Hier habe ich schwimmen gelernt. Gegen den Willen der Mutter. Der Vater hatte durchgesetzt, dass ich mit den Schulkameraden hier baden durfte. Mein Sohn soll nicht nur in der Schule gute Leistungen bringen, auch körperlich muss er tüchtig sein, damit aus ihm was wird!

Alle Sonntage waren wir dort, sagte Lino. Die Eltern haben, während ich mit den Kameraden in den Teichen schwamm oder in den Wäldern ringsum spielte, in einem der Schrebergärten dort in der Nähe geackert; ihr kleines italienisches Paradies haben sie gehegt und gepflegt und all die Gemüsesorten angebaut, die es damals ja noch nicht in jedem Coop oder Migros gab. Immer haben sie geschuftet. Auch sonntags. Lebenslang. Der Vater hat endlos viele Zusatzschichten geschoben, und die Mutter hat geputzt. *Per la casa, per la casa, per la casa!* Alles fürs neue Haus. In Ràgomo, jenem Dorf, aus dem sie einstmals gekommen waren, bauten sie sich ein Haus, Jahr um Jahr bauten sie weiter, und immer sagten sie, eines Tages würden wir dorthin zurückkehren. Zurückgekehrt sind sie, ja, aber erst, als sie alt waren, verbraucht vom lebenslangen Schuften, mit ihrer kleinen Rente, ins halb fertige Haus.

Beim Fernrohr, das am Wegrand vor den drei Weihern aufgestellt ist, blieb Lino stehen, schaute hindurch, stellte es scharf: Dort drüben, das ist der Rosenberg, die Schokoladenseite von Sankt Gallen! Die Fabrikanten haben sich dort ihre Villen gebaut, Südlage mit Blick auf die Stadt, als sie noch florierende Textilstadt war. Aber auch heute leben dort nur feine Leute.

Was Lino mit »feine Leute« meinte, fragte sie nicht; Leute mit Geld, was sonst!

Als sie auch durchs Fernrohr schaute, sah sie: Stadtvillen, erbaut Mitte Ende des 19. Jahrhunderts, von hohen Bäumen umstanden.

Meine Mutter hat denen dort ihre Häuser geputzt, jeden Tag ein anderes Haus, die ganze Woche durch.

Noch kränkte sie nicht, wenn Lino aufs Großbürgertum einhieb, als ob sie persönlich an der Ausbeutung der Textilarbeiter schuldig sei. Vielmehr spürte sie, während sie weiter durchs Fernrohr schaute, Lino neben sich, seine Körperlichkeit, seinen Atem an ihrem Hals, seine männliche Präsenz; sie fragte, ob die hellen Wasserflächen rechts und links vom Rosenberg zum Bodensee gehörten.

Klar, das Schwabenmeer! Aber lass uns noch den Wiesenhang hinaufgehen, bis zum Waldrand; dort oben zeig ich dir eine andere, sehr spezielle Stelle.

Der Blick von dort über den Bodensee, bis über die Schweizer Grenze hinaus –

Kurz vor der Matura habe er hier den Entschluss gefasst, das eingezwängte Sankt Gallen für immer zu verlassen. Auswandern, möglichst weit weg, wollte er, am besten nach Amerika, oder nach Australien. Jetzt, nach mehr als dreißig Jahren zum ersten Mal wieder hier, ist mir, sagte er, als ob ich doppelt sähe: ich damals und ich heute. Was ist daraus geworden, aus all den Ideen und Wünschen und Vorsätzen!

Ja, was ist geworden! Und was hätte wie anders sein können.

Meine Tochter hatte sich in mein Leben gezwängt, sie hat mir einen Strich durch die Rechnung gemacht. Ihretwegen bin ich in der Schweiz hängengeblieben.

Hineingezwängt in dein Leben – was meinst du damit?

Ina und ich haben halt nicht aufgepasst.

Heißt das, ihr habt ein Kind gezeugt?

Ja, Beatrice.

Ist das Kind schuld, dass es gezeugt wird?, fragte sie nicht, sondern: warum er die Tochter mitsamt der Frau nicht mitgenommen habe nach Amerika.

Ina und ich haben geheiratet, das ja, aber natürlich ging es bald schief. Außerdem wollte ich ja nur erst nach Paris, um dort weiterzustudieren, die Zusage für ein Stipendium hatte ich schon fast in der Tasche, aber Ina wollte partout nicht mit.

Beatrice, heute eine schöne junge Frau, ist Lino wie aus dem Gesicht geschnitten, auch seine dunklen Locken hat sie. Wie souverän sie mit ihrem Vater umgeht! Sehr frei und sehr zärtlich. Einzig in ihrem Blick scheint manchmal etwas auf, eine Frage, eine Sorge, eine Unsicherheit. Lino hingegen: schwankend zwischen Enttäuschung, schlechtem Gewissen und dem Vorsatz, seine Tochter, auch wenn sie seine Weltsicht ganz und gar nicht teilt, endlich zu akzeptieren, wie sie ist.

Nun also plötzlich doch Rehe! Zum Glück sehr weit vorne. Ein ganzes Rudel! Eins hinter dem anderen wechseln sie über die Straße bergauf; ihre Spiegel reflektieren im Scheinwerferlicht.

Nein, in Sankt Gallen war keine Rede davon, dass sie sich wiedersehen würden. Sich an den Händen festhaltend, waren sie die Wiesen einfach wieder hinabgelaufen – fast wie in unserer Studentenzeit, nur dass wir heute nicht mehr so leichtfüßig wie Gazellen über die Wiesengatter springen. Und kurz vor den ersten Häusern – ja, es war wirklich zum Lachen! –, die Kirschbäume standen voller reifer Früchte.

Kirschen im Sommer, das Wiedererkennungszeichen!

Und am Sonntagabend der Abschied am Bahnhof: flüchtig umarmten und küssten sie sich, und dass dies das Ende sei, war sie sich sicher. Einen Grund für ein Wiedersehen gab es nicht.

Zudem war Lino fast schon auf dem Sprung nach Italien.

Nach all den Rückschlägen, die er einstecken musste in den letzten paar Wochen, habe er sich für ein halbes Jahr von seiner Arbeit freistellen lassen. Um sich zurückzuziehen, sich auf sich selbst zu besinnen.

Sechs Jahre hatte er an seinem Projekt gearbeitet, dann aber, ganz plötzlich, wurden ihm sämtliche Finanzierungszusagen für die Realisierung von heut auf morgen gestrichen. Die ganze Vorarbeit war bereits geleistet, sie standen kurz vor dem Dreh – einen Dokumentarfilm hatte er machen wollen, *Leben auf dem Dorf heute & damals,* ein Projekt, das er mit »auffällig« gewordenen Jugendlichen aus dem Migrantenmilieu entwickelt hatte, als Hilfe zu eigener Standortbestimmung in der Schweizer Gesellschaft.

Aber es ist wie immer, sagte Lino, gespart wird an den schwächsten Gliedern der Gesellschaft! Und jetzt bin ich selbst an dem Punkt angelangt, dass ich mich fragen muss, wo eigentlich mein Platz ist; ob ich tatsächlich in der Sozialarbeitsmühle weiter und weiter treten will, ohne dass sich etwas bewegt, geschweige denn verändert. Veränderung ist nicht gewollt, sonst müsste sich die Gesellschaft selbst in Frage stellen. Niemand will Sozialarbeit wirklich, niemand braucht sie – außer die Betroffenen. Nicht um deren Not geht es – der wäre ja leicht abzuhelfen –, sondern darum, die Schamlosigkeit der Gesellschaft zu kaschieren; Sozialarbeit als Feigenblatt.

Lino war am Ende.

Ràgomo, das Dorf, aus dem seine Eltern stammten, sagte er, sei als Rückzugsort für ihn am besten geeignet. Etwas wie Heimat sei es ihm doch, das Dorf, das Tal, die Luft dort, die Berge ringsum. Aber nicht das neue Haus, direkt an die Zufahrtsstraße gebaut, damit alle sähen, zu was sie es in der Fremde gebracht hatten. Viel zu groß und außerdem: gebaut aus lebenslangem Verzicht. Unmöglich, darin zu leben! Lino sagte, er habe es, nach dem Tod der Eltern, sofort verkauft. Stattdessen habe er sich oberhalb von Ràgomo eine *stalla* gekauft, einen alten Stall, der mit ein paar Häusern in einer Kurve steht. Von dort gehe ein Saumpfad ab; anfangs im Wald, mehr oder weniger dem Bach entlang, dann über Weiden hinauf zum Pass und nach Sòndrio hinüber. Ein alter Saumpfad, der durchs Veltlin nach Norden führt, einstmals nicht unwichtig, darum solide angelegt, fast durchweg mit Bruchsteinen gepflastert; heute allerdings, da kaum mehr begangen, vielerorts überwuchert von hohem Farn, stellenweise auch abgerutscht.

Lino sagte, seit er die *stalla* habe, verbringe er die ganzen Sommer dort. Immer gibt es etwas zu tun, Ausbessern der Mauern, Dach flicken und so weiter; und mit der Hilfe eines Nachbarn, der alles kann, hat er eine große Terrasse angebaut, um, so sagte er, nicht nur in die Akazien- und Kastanienwildnis ringsum schauen zu müssen, sondern auch einen Blick ins Tal und in die Ferne zu haben. All die konkrete Arbeit, die bringe ihn wieder zur Besinnung; der schlichte Alltag dort, das fraglose Sein. Darum fahre er hin.

Aber dann, kaum war Lino eine Woche in Rágomo, kam seine erste Mail:

Mein Telefonkabel ist kaputt. Beim Kappen der Akazie vor dem Haus ist ein Ast draufgefallen und hat es heruntergerissen. Darum schreibe ich jetzt von meinem Nachbarn aus ein paar Mails. Wie seltsam, dass man sich einsamer fühlt ohne Kabel, auch wenn keine Anrufe kommen. Aber es könnten. Und man könnte selbst. Man wäre verbunden. Telefon als Liebesersatz? Oder sind es nur die kontrollierenden Blicke der Mutter aus dem Fenster, die man vermisst? Kontrolle als Halt?

Ihr Schreck damals: Was hatten die Mutterblicke mit ihr zu tun!

Und gleichzeitig: dass Lino so bald schon von sich hören ließ! Dass er die alte Vertrautheit zwischen ihnen, die sofort wieder da war, dass auch er sie erstaunlich fand, nach so langer Zeit; dem entnahm sie, auch ihm bedeutete die Wiederbegegnung nicht nichts.

Die Mails dann den Sommer über, oft mehrmals am Tag, und der wachsende Wunsch nach einem Wiedersehen, und schließlich die Frage, wann und wo und wie dies sein könnte.

Nein, in Rágomo ist sie nie gewesen.

Ihren Wunsch, ihn dort zu besuchen, las er zwischen ihren Zeilen. Er schrieb, ob sie für ein Wochenende runterkomme, überlege er, nur dass zur Zeit grad die Schatten wieder am Toben seien.

Sie puste von Norden, schrieb sie zurück.

Pusten hilft!, schrieb er dann.

Und wenige Tage später: Ich habe geträumt, dass ich aus einer sechsjährigen Depression erwacht bin. Es scheint, dass endlich der Druck nachlässt, Leistung bringen zu müssen, um geliebt zu werden.

Hingefahren ist sie trotzdem nicht; etwas anderes kam dazwischen.

Immer kam etwas dazwischen!

Hier, in dieser vorletzten Kurve war es –

An jenem Wintermorgen, als sie doch bei Lino blieb und erst nach einem versöhnlichen Morgentee zurückfuhr, hier in dieser überhängenden Nagelfluhwand, voller Eiszapfen, schimmernd und glitzernd in der Morgensonne, ein Spitzenvorhang; sie hatte gelacht und geweint: Nein, zerreiß ihn nicht!

Damals hatte sie geglaubt, die Liebe sei noch zu retten.

Damals war Winter – jetzt ist Sommer.

Ursina spürt, Tränen schießen ihr in die Augen. Mit dem Handrücken wischt sie sie weg.

Lino, wie sie ihn eben verließ: schlafend, die Decke bis an den Hals, sein lockiger Haarschopf im vagen Licht der Straßenlaterne, die durch die Vorhänge ins Zimmer hereinscheint.

Und plötzlich jetzt wieder das Herz bis in den Hals. Ursina hält sich am Lenkrad fest, atmet tief ein, bis in den Bauch, und langsam wieder aus.

Gleich, wenn sie oben aus dem Wald heraus ist, wird sie anhalten. Nur diese letzte Kurve noch!

Sie fährt an den Straßenrand, stellt den Motor ab. Ihre Hände zittern; sie legt ihr Gesicht hinein: Linos Geruch! Sein Abdruck noch darin –

Von den Füßen über Knöchel und Schienbein, von der Ferse über die Wade bis in die Kniekehle, über die Schenkel und Pobacken, vom Reiten so stramm, und die weiche, zarte Haut von der Flanke zum Geschlecht, der Bauch, etwas mürbe bereits, auf der Brust das weiße gelockte Haar, die Falten an Hals und unter dem Ohr, Spuren der gelebten Jahre; Jahre, von denen sie wenig weiß;

und die Furchen, von den Nasenflügeln über die Wangen zu den Mundwinkeln, tief eingraviert von seiner Melancholie, und sein Mund, die geschwungenen Lippen – zum Küssen schön!

Was, wenn sie jetzt umkehrte und zurückführe?

Wenn sie so leise, wie sie gegangen ist, wieder zu ihm unter die Decke schlüpfte, vielleicht würde er gar nicht merken, dass sie nicht nur über den kalten Flur zur Toilette war. Nur Toro würde die Ohren spitzen und über den Rand seines Korbes hinausblinzeln; angeben würde er nicht, noch nicht einmal knurren, so gut kennt er sie inzwischen.

Warum fährt sie nicht zurück –

Ursina schaut hinaus in die Nacht: konturlose Dunkelheit. Nur im Osten eine erste Ahnung von Helligkeit; sonst nichts. Aber durchs offene Fenster ein Hauch von Sommerwiese; und wiederkäuendes Mampfen und Schnaufen von Tieren ist zu hören; vermutlich sind Kühe auf der Wiese hier gleich neben der Straße; und das kurze Anbimmeln einer Glocke jetzt – eine hat sich im Schlaf bewegt.

Kaum Geräusche sonst, nur in der Ferne ahnungsweise ein Zug jetzt, und von der Autobahn herüber fernes Rauschen von Lastwagen oder Schwertransportern.

Sommernacht.

Bereits das erste Wiedersehen mit Lino: dass es überhaupt zustande kam!

Beatrice war überglücklich, dass sie den Job bei *AquaLudens* bekam so kurz nach Abschluss ihres Kommunikations- und Kulturmanagement-Studiums; mit einer hochgelobten Arbeit über die Bäderkultur in der Schweiz von der Antike bis in unsere Zeit hatte sie die höchste Auszeichnung erhalten.

Engagiert als Event-Managerin war sie zuständig für die Eröffnung von *AquaLudens*, jener Thermalquelle über dem Rhein, die bereits in römischer Zeit bekannt gewesen sein soll, dann aber in Vergessenheit geriet, und nun, neu erschlossen, zu einer Wellness & Spa-Anlage ausgebaut worden war. Ein supermoderner gläserner Koloss, mit allem Schnickschnack, der heute dazugehört, zwischen Koblenz und Rietheim mitten in die Landschaft gestellt – Lino war verärgert, dass seine Tochter sich hergab dafür. Event-Managerin, was ist denn das!

Auch schon ihr Studienfach fand er ärgerlich; dass sie es mitmacht, Kunst und Wissenschaft in den Dienst des Kommerz zu stellen.

Was sie, Ursina, dazu meine, was sie ihm rate; ob er für dieses »Event« extra aus Italien anreisen müsse, was es Beatrice denn bringe; oder ob die Tochter nicht Verständnis haben sollte für ihren Vater, der seine Zeit in Rágomo dringend für sich selbst brauche.

Es bringt deiner Tochter viel, wenn du nicht für sie fährst, sondern für dich selbst als ihr Vater. Wenn du es aus Liebe tun kannst, aus Neugier, aus Interesse an ihr, dann fahr! Aber fahr nicht, wenn du meinst, damit deine Schuld ihr gegenüber abzahlen zu können. Aus der kann nur sie dich entlassen. Eines Tages vielleicht kann sie es, hoffentlich nicht erst an deinem Totenbett.

Für ihre klaren Worte sei er dankbar, schrieb er zurück; sie sagten ihm, was er doch eigentlich längst selbst wisse; er werde also fahren.

Die nächste Frage, die sich auftat: Ob dieses Event der richtige Anlass sei für ein Wiedersehen von ihnen beiden, Lino und Ursina, oder doch ungeschickt, die beiden Geschichten zu vermischen.

Dann tauchte ein weiteres Problem auf, das Linos Reise in Frage stellte: In der Sommerhitze unter einem Ventilator schlafend, hatte er sich eine Nierenentzündung eingefangen; ob das Antibiotikum in nützlicher Frist Abhilfe schaffe, war ungewiss. Ich werde fahren, schrieb er vor der letzten Kontrolle, falls nicht doch noch Haifische geschlüpft sind im Urin.

Linos Zögern, immer wieder, bis zum letzten Moment.

Aber seine Tochter, wie souverän sie die Eröffnung gemanagt hatte! Charmant, klug, beredt gab sie einen Abriss über die Kultur des Badens, gespickt mit ein paar hübschen Anekdoten aus der Historie. Und wie glücklich strahlend sie danach auf ihren Vater zukam: wie sehr sie sich freue, dass er tatsächlich gekommen sei; und wie sie ihn anschaute, als sie ihm ihren Freund vorstellte –

Dass Lino den Freund von allem Anfang an nicht mochte, war nicht zu übersehen.

Ein netter Mensch, er gefällt mir, sagte sie zu Lino auf der Rückfahrt, und es scheint, dass die beiden sich wohl wirklich mögen.

Mag sein, er ist nett, aber sonst? Charakterlos ist er, ein *businessman* –

Wie wenig Ahnung Lino von seiner Tochter hat!

An jenem zauberklaren Septembertag der Ausflug auf den Speer: Beatrice und ihre beste Freundin gingen mit; und, jung und leichtfüßig wie die beiden sind, waren sie längst oben, als schließlich auch sie ankam und sich sofort in der Wiese unterhalb des Gipfelfelsens ausstreckte. Lino schaute, ans Gipfelkreuz gelehnt, ins Land, das seines und doch nicht seins ist.

Sie, liegend im Gras, schaute den jungen Frauen zu, die sich einen Spaß machten mit gegenseitigem Fotografieren in diversen Positionen vor verschiedensten Ausblicken; und war irgendwann eingeschlafen. Wieder aufgewacht sah sie: Beatrice fotografierte nun sie, Ursina. Mehrmals auch Lino, der noch immer oben auf dem Fels saß, aber eben auch sie, die Frau, die ihr Vater mitgenommen hatte.

Beim Abstieg ging Beatrice neben ihr her und fragte sie nach ihrer Arbeit; wie es ist für sie als Frau, in Asien allein zu reisen, überhaupt, wie es ist in Asien, das Leben in den Familien, wie es dort zugeht zwischen Eltern und Kindern. Und plötzlich, während sie der interessierten jungen Frau von ihren Erfahrungen in Indien, in Pakistan, im Iran, erzählte, fiel ihr ein, wie sie selbst damals

als junges Mädchen versucht hatte, Interesse und Zuneigung des Vaters zu erlangen, indem sie sich mit seiner Geliebten intensiv verband.

Beatrice fragte weiter und immer weiter, auch nach Nähe und Ferne zwischen den Geschlechtern und zwischen den Generationen in jenen Ländern; nach Respekt und Angst der Jungen vor den Alten, nach Pflicht und Schuld der Eltern gegenüber den Kindern; und während sie, was sie davon wusste, berichtete, schien ihr, dass sie diese Tochter, auch wenn sie nicht sehr viel weiß von ihr, ganz und gar kenne.

Ja, sie hat Beatrice auf Anhieb gemocht.

Wie schade, dass sie nun auch sie nicht mehr sehen wird.

Der Streif am Himmel im Osten ist heller geworden, die Alpenkette davor als dunkle Silhouette gut erkennbar jetzt.

In jenem Hotelzimmer, das sie sich nach der Eröffnung von *AquaLudens* genommen hatten in Kaiserstuhl, einem für sie beide neutralen Ort, ohne Überlagerungen mit früheren Geschichten, als sie Lino nach der ersten ziemlich hektischen Umarmung anschaute, verwundert, erstaunt, überrascht, dass sie sich nun tatsächlich in den Armen lagen, seine Frage: Was studierst du?

Dich studier' ich!

Bin ich der Falsche?

Du Witzbold! Im Gegenteil! Ich staune ganz einfach, dass es so ist, wie es ist.

Warum eigentlich haben wir das nicht schon früher gemacht? So schlimm war es doch gar nicht, oder?

Du meinst, als wir jung waren – vielleicht weil du früher Augen und Ohren für nichts anderes hattest als nur deine Soziologie und Politik und ausschließlich davon erzähltest.

Hab ich viel Theorie verzapft?

Wenn du dir damals genommen hättest, was du ja durchaus auch wolltest, vielleicht wäre alles ganz anders gekommen.

Hätte ich dich, wie es damals hieß, verführen sollen?

Was schade wäre, weil wir uns heute in dieser Art wohl nicht mehr mögen würden.

Zu gut erzogen war ich, zu anständig, oder eben zu katholisch; damals glaubte ich noch an die wahre Liebe, die echte, die reine und all so was.

Und außerdem hätten wir, wer weiß, in all unserem damaligen Leichtsinn vielleicht sogar ein Kind gezeugt; stell dir vor, deine Tochter wäre auch meine Tochter!

Was hatten sie gelacht, als der Geschäftsführer von *AquaLudens* nach der Eröffnung Lino zu seiner Tochter gratulierte, dann auf Ursina zuging: Und Sie sind wohl Frau Marconi?

So einfach sind wir zu einer gemeinsamen Tochter gekommen!

Aber das wiederkehrende Thema »schweizerisch« – »unschweizerisch«!

Im Tobelhof, jener aufgelassenen Spinnerei im Jona-Tal, wie es viele gibt im Zürcher Oberland, an enger, waldiger Stelle zwischen Bach und Straße gebaut, zum Gastarbeiter-Wohnheim umfunktioniert in den 50er Jahren, als Unterbringung in Massenlagern noch angängig war, seit den 70er Jahren etagenweise verpachtet an Kleingewerbetreibende, Werbeagenturen, Filmemacher, Künstler und ähnliche; Lino sagte, der Tobelhof sei so »unschweizerisch«, dass er sich dort tatsächlich wohlfühle, ein bisschen zu Hause sogar.

Eines Sonntagmorgens, Spätsommer war's, fast schon Herbst, die Fenster standen offen, das Rauschen vom Bach und vom Verkehr drang herein, und manchmal ein Windstoß, der die Vorhänge blähte, noch im Bett las sie ihm vor, *Die Braut von Odessa*. Jene Geschichte, in der am Morgen nach der Hochzeitsnacht die junge Ehefrau beschließt, ihrem frischangetrauten Mann nicht nach Argentinien zu folgen, sondern in ihrem ukrainischen Dorf, trotz aller Misere dort, zu bleiben und ihr Leben im Schoß der Familie zu fristen. Aber eine kleine Hutmacherin, eine Goi, die ein nicht minder miserables Leben in Odessa führt, erkennt die einmalige Chance, als sie den einsamen jungen Mann mit zwei Schiffskarten am Hafen trifft. Und gemeinsam brechen sie, die sich nicht kennen, auf ins unbekannte Land jenseits der Meere.

Und mitten im Lesen, als der Plot sich abzuzeichnen begann, Linos Frage:

Kennst du *Les raisons du coeur*?

Was für ein schöner Titel! Ist es ein Buch?

Ein Film. Vor langem einmal gesehen. Eine ähnliche Geschichte; einziger Unterschied: der Mann, als er erkennt, dass die falsche Frau bei ihm ankommt, sieht sich als Opfer einer Täuschung und schlägt, was er lebenslang aufgebaut hat, kurz und klein; bis schließlich alles in Flammen aufgeht.

Von wem ist der Film, wer hat ihn gemacht?

Einer deiner Schweizer – der Name ist mir entfallen.

Du bist doch auch Schweizer!

Dem Pass nach, ja, aber halt ein Marroni-Schweizer.

Meinst du, Weber-Wild sei ein besserer Name, schweizerischer?

Linos Blick halb empört, halb lachend: Weniger Marroni jedenfalls!

Auf dem Obersee ein erster Widerschein vom heraufkommenden Morgen und, als vages Schemen, die Brücke von Rapperswil. Wie spät mag es sein?

Fünf Uhr vielleicht.

Mit Zuckerbrot und Peitsche sei ihm eingebläut worden, dass er als Gastarbeiterkind mehr Leistung bringen müsse als die Ansässigen, Leistung und Anstand, um überhaupt eine Chance zu haben in der Schweizer Gesellschaft. Viel zu lange habe er es beherzigt, und spät erst erkannt, dass damit nichts zu erreichen ist; schon gar nicht Veränderung der gesellschaftlichen Verhältnisse.

Sein Rückzug nach Rágomo, als er an ebendiesen Verhältnissen gescheitert war –

Plötzlich aufleuchtende Scheinwerfer im Rückspiegel.

Und als das Auto vorbeigefahren ist, totale Finsternis, alles umschließend.

Lino aus dem schwarzen Loch herauslocken zu können hatte sie gehofft mit ihrem Vorschlag, sie auf ihrer Asienreise zu begleiten.

Erste Station wird in Dhaka sein, schrieb sie, um Jamdami-Stoff zu bestellen; ein größerer Webauftrag für ihre neue Kollektion. In Kathmandu Besuch bei jener Pashmina-Manufaktur, mit der sie seit Jahren zusammenarbeitet. Ein kleines Familienunternehmen, alle kennt sie persönlich, immer haben sie verlässlich gute Ware geliefert, aber in letzter Zeit auch mangelhaftes Zeug, was auf dem europäischen Markt kaum anzubieten ist, nicht jedenfalls ihrer kapriziösen Zürcher Kundschaft. Außerdem hoffe sie, schrieb sie, wieder einmal nach Kaschmir reisen zu können. Ob derzeit möglich, je nach politischer Situation, werde sie bei ihrem Geschäftspartner in Delhi erfahren. Der habe ihr, als sie letztes Mal hinfuhr, Kiran, einen Neffen, mitgegeben, als Begleiter ins unsichere Bergland. Was sich in vielerlei Hinsicht sehr bewährt hat. In heiklen Situationen, zum Beispiel bei Straßensperren, wenn nicht eindeutig auszumachen war, unter wessen Kontrolle die Kontrollierenden standen, hatte er sie, die Westlerin, abgeschirmt. Sehr hilfreich war er auch bei der Suche nach regionaler Textilproduktion, und natürlich als Übersetzer dort, wo mit Englisch nicht weiterzukommen ist; oder als Tee- oder Cola- oder Wasser-Bringer und als Aufmunterer, wenn zum hundertsten Mal ein Reifen platzt und alle aussteigen müssen aus dem Bus oder dem Jeep und warten, bis das Rad gewechselt ist, und noch einmal warten, während bei der nächsten Werkstatt am Straßenrand das Loch geflickt wird, auf dass die Fahrt weitergehen kann. Auf schmaler Schotterpiste, der einzigen im Tal, die, wie ein Strich in die Landschaft hineingeritzt, sich fast brückenlos um jede Felsnase windet, immer höher hinauf, durch einsame enge Bergtäler, oft mit kahlen, manchmal bewaldeten Wänden. Und mit ganz unverhofften Ausblicken in sich weitende, liebliche Täler, Dörfer darin, gebettet zwischen terrassierte Wiesen und Felder. Und Srinagar, die königliche Sommerstadt auf über 1700 Meter Höhe, von Wasserarmen und Seen umgeben, in denen sich, als sie letztes Mal dort war, die herbstlich goldgelben Pappeln und Weiden spiegelten.

Der Morgendämmer ist wieder sichtbar; Ursina lässt den Motor anspringen und fährt, ohne Scheinwerfer, nur mit Standlicht, sehr langsam der Graskante entlang.

Lino fand die Idee, sie auf ihrer Asienreise zu begleiten, verlockend; besonders Kaschmir, dahin habe er schon immer gewollt – wenn nur, schrieb er, die Zwänge des Lebens nicht wären. Das Dringendste für ihn sei doch herauszufinden, wie weiter in seinem Leben. Ob er immer Leistung bringen müsse, um eine Existenzberechtigung zu haben; oder wie sonst diesem Druck zu entkommen wäre.

Es geht also um sehr viel, schrieb er; oder eigentlich

ums Altwerden. Außerdem überwuchert die Rebe mein Haus, das Pferd muss neu eingeritten werden, damit es nicht verwildert, und wohin mit dem Hund? Tja, was ist Freiheit? Aber danke für den heilsamen Impuls!

Ja, sie fuhr alleine. So wie sie immer allein gefahren ist. Und da in Kaschmir die Situation zu explosiv war, überquerte sie auf dem Rückweg bei Amritsar die indisch-pakistanische Grenze und machte sich, wie immer per Bus, über Islamabad in den bergigen Nordosten Pakistans auf, um dort nach Phulkaris zu suchen, jenen rot und pink und orange und goldgelb bestickten Tüchern, die nur noch in der bergigen Provinz Nord-Punjab hergestellt werden, die besten in Hazara und Chakwal.

Aber dann, unterwegs in den Murree Hills, war sie so krank geworden, dass sie umkehren musste; und fast drei Wochen in Rawalpindi im Spital lag, viele Tage am Tropf. Ausgerechnet sie, die so viel unterwegs ist, fast überall in der Welt, sie, die nie krank wird! Es hatte sie erwischt wie nie zuvor. Lange war unklar, was sie sich aufgelesen hatte und wie der massive Flüssigkeitsverlust gestoppt werden konnte. Ihr war, liegend dort im Spital, dass das Leben aus ihr herausrinne, unaufhaltsam, dass die Welt um sie herum verlösche, verebbe, verstumme – das Gewusel und Gewisper von all jenen, die ihre kranken Verwandten Tag und Nacht umsorgen, Essen und Medikamente bringen und sie trösten und streicheln, und flüsternd erzählen, was draußen passiert, oder auch einfach nur, seufzend hin und wieder, bei ihnen am Bett sitzen.

Ja gewiss, das Nötige hatte sie sich schon besorgen lassen können, gegen etwas Geld ist alles zu haben, fast überall; aber je länger je mehr bedrängte sie, während sie dort lag, die Frage, was sie bei ihrer Jagd nach den textilen Schätzen dieser Welt eigentlich antreibt.

Deine Multikulturalität – ist sie dir wirklich mehr als nur ein kulinarischer Begriff?

Lino hatte ihr diese Frage gestellt, als sie ihm von einem NGO-Projekt in Südindien erzählte, bei dessen Gründung sie mitgewirkt hatte; eine Kooperative, die Frauen auf dem Land Heimarbeit verschafft, weiße Seidenstickerei auf weißem Baumwollbatist, und sie ihnen sicher abnimmt, sofern gut gearbeitet, zu einem fairen Preis; Geld, das die Frauen tatsächlich in die Hand bekommen. Aber Lino war mehr als skeptisch, dass es funktioniert; bezweifelte auch, dass wenigstens mittelfristig Landflucht damit zu verhindern sei.

Ursina biegt in den Feldweg, der zu jenem Gehölz führt, wo sie morgens, von Lino kommend, manchmal Halt gemacht hat, bevor sie nach Hochwil hinüberfuhr.

Aber die Frage damals: Was eigentlich treibt sie an! Sie, mit ihrem Gringo-Bonus – überall, wo sie hinkommt, wird sie freundlich empfangen; und je genauer sie Bescheid weiß über Material, Qualität und Verarbeitung, umso mehr wird sie geachtet; umso leichter ist dann auch der Preis zu finden; ein Preis, bei dem beide Seiten ihr Gesicht wahren können.

Nein, sie zieht niemanden über den Tisch, das ist

nicht ihre Art; alle müssen irgendwie leben. Aber: wozu? Um all diese Kostbarkeiten den gierigen Sammlern in ihre unersättlichen Rachen zu werfen? Wo war ihr Ansatz geblieben, mit dem sie einstmals den Textilhandel begann? Was trug sie bei zum Wohl der Menschen, insbesondere der Frauen dieser Welt?

Damals im Spital in Rawalpindi stellte sie sich und ihr bisheriges Tun so komplett in Frage, dass sie beschloss, noch einmal ganz neu zu beginnen.

Ursina hält am Waldrand, stellt den Motor ab, schaut hinaus: Der zarte Morgenhimmel jetzt; die Voralpen heben sich schon ab von den Alpen, und auf den Wiesen treten die Obstbäume schattenhaft aus dem Dämmer; die dritte Dimension erwacht.

Als sie die Infusion endlich los war und wieder rauskonnte aus dem Spital, war ihr erster Gang zum Internet-Café, wo sie Linos Nachricht fand: er sei am Nullpunkt angekommen und habe beschlossen, seine ehrgeizigen Pläne endgültig zu begraben, *di metter una pietra sopra,* wie es in Italien heißt, einen Stein drauflegen, damit, was begraben ist, nie mehr auftaucht. Nämlich: ich habe meine Arbeit ganz und gar gekündigt.

Vielleicht werde ich für eine Weile einfach nur aus dem Fenster schauen, oder über die Hügel gehen; etwas wird schon auf mich zukommen. All das schreibe ich nicht depressiv, sondern erlöst vom Druck: Man isst auf! Man macht fertig, was man angefangen hat!

Endlich scheint möglich, nicht mehr nur »gut« sein zu müssen, um überhaupt eine Daseinsberechtigung zu haben. Zwar habe ich auch Angst, dass es noch kommt, das Versagergefühl. Aber mir scheint, jetzt könnte gelingen, die alten Fesseln abzuwerfen, teilweise jedenfalls. Endlich nicht mehr der tollste Hecht im Teich sein müssen! Einfach nur sein; gewöhnlich sein. Wie eine Seeanemone vielleicht, oder eine Rose, hoffend immerhin, wenn sie sich entblättert, dass eine rotgoldene Hagebutte zum Vorschein kommt. Allein dass ich dir dies schreiben kann! Ohne Angst, dir meine Niederlage zu gestehen.

Das Land, mit all seinen Hügeln und Kuppen und Talsenken und Wäldern und Ortschaften, erwacht mehr und mehr – noch liegt gnädig der Morgendämmer über der hässlichen Zersiedelung.

Ja, die Koinzidenz ihrer beider Tiefpunkte schien ihnen damals mehr als erstaunlich.

Aber schon nach ihrer Rückkehr aus Asien, während der paar Tage, die sie noch im Tropeninstitut in Basel verbringen musste, um abzuklären, dass sie nichts einschleppt, war alles wieder beim Alten. Lino, noch immer nicht entschlossen, ob er in die Schweiz fahren würde, schrieb kurz vor dem ersten Wiedersehen: Ich komme – wenn du mich nur mit Liebe ansteckst!

Und im letzten Mail vor seiner Abfahrt aus Rágomo: Ich werde mich also mit einer Frau treffen, die ich schon ein bisschen kenne, eine Frau im Alter meiner Mutter –

seltsam, dass es statt einer Inzesthemmung zu kribbeln beginnt.

Da war sie wieder! Die Omnipräsente – von Anfang an war sie dabei.

Aber: Die ihr zugespielte Rolle hat sie fraglos übernommen, ja, sie hat das altbekannte Spiel mitgespielt.

Ursina steigt aus dem Auto, geht ein paar Schritte dem Waldrand entlang; ein kühler Hauch weht den Hang herauf; Nebelschwaden trüben die Sicht; am gegenüberliegenden Seeufer die Lichter verschwinden fast ganz, und der Himmel im Osten wirkt, als ob es wieder einnachte.

Lino, der »Gfrörli«, der Immerfrierende. Wenn sie ihre Hand unter sein Pyjama schob, ihn auf den Rücken küsste oder sich an ihn schmiegte, fast immer sagte er bald schon, ihm sei kalt im Kreuz, und außerdem müsse er dringend schlafen, am nächsten Tag habe er einen wichtigen Termin. Sie, ganz die Verständnisvolle, kuschelte die Daunendecke eng um ihn herum, bis an die Ohren, und ließ ab von ihm, ließ ihn in Ruhe – ja in Ruhe, damit er schlafen könne. Und während sie nun wach lag, seinem Atem lauschte, bis er regelmäßig ging, die Frage: Was macht sie falsch?

So selten wie sie sich sahen – immer war etwas wichtiger als sie! Eine dringende Besprechung auf der Gemeinde, bei einer Behörde, mit Vertretern des Migrantenverbandes, ein Treffen mit alten Kollegen.

An jenem Wintermorgen, als sie sich, noch halb im Schlaf, an Lino geschmiegt hatte, und ihr schien, er schlafe selig, ihr Streicheln tue ihm wohl, da plötzlich: Nein, nicht! Ich muss doch wissen, was weiter passiert im Traum!

Bis an die äußerste Bettkante war er abgerückt. Worauf sie sich zum Fenster drehte – das orangegelbe Licht der Straßenlaterne durch den Vorhang hereinscheinend, und wenn ein Auto vorbeifährt, hellweiß der Scheinwerfer, sausend über Wand und Zimmerdecke. Und seine Empörung, als sie versuchte zu gehen: Ob er seinen Traum denn nicht weiterträumen dürfe?! Auf einem rauschenden Fest sei er gewesen, von dort habe sie ihn weggeholt.

Ursina bleibt stehen, schaut hinüber zur Wiesenkuppe mit der Linde, wo sie morgens, von Lino kommend, manchmal saß –

Die nebligen Schwaden ziehen höher hinauf, wabern um den Bachtel, der Aussichtsturm ist nicht mehr zu sehen; aber der Dunst über dem See löst sich auf, wird zu weißen Flöckchen, die über die Wasseroberfläche gleiten; und im Osten die Spitzen der Glarner Alpen sind goldgerändert jetzt; bald geht die Sonne auf.

Wie es weitergeht – sie sieht es überdeutlich.

Sie kennt es. Zur Genüge. Zwei Ehen hat sie hinter sich.

Selbst als Sebastian zur Welt kommen sollte, war dem Vater des Kindes wichtiger, sich für seinen Unterricht vorzubereiten, während sie allein, im trostlosen Kreißsaal, am Wehentropf lag, der die Eröffnungswehen gewaltsam vorantrieb, mit immer heftigeren Kontraktionen; bis sie schließlich das Kind gebar, das doch von ihnen beiden ist.

Bei Mirjam, dem zweiten Kind mit dem zweiten Mann, wollte sie es anders – was zur Folge hatte, dass dem Vater des zu gebärenden Kindes, als es mit den Presswehen losging, schlecht wurde; und die Hebamme ihn hinaus ins Freie schickte, damit der Arme nicht gleich ohnmächtig wird.

Nein, zurückbleiben in Sehnsucht und Schmerz, das will, das kann sie nicht mehr. Nie mehr!

Darum –

Ursina geht weiter, auf dem Wiesenstreifen zwischen Rüben- und Maisfeld, das Gras ist feucht vom Tau, ihre Füße sind nass; sie bleibt stehen, schaut hinüber zur Kuppe mit »ihrer« Linde, und hinab zum See – die Lichter der Ortschaften verlöschen mehr und mehr, der Tag ist schon fast da.

Als sie zum ersten Mal dort saß, wie war ihr zum Jauchzen!

Das schier unfassbare Glück der späten Liebe.

Dass sie sich, in ihrem Alter, noch einmal so sehr einließ auf einen Mann! Sich hinreißen ließ – plötzlich schien alles so einfach; plötzlich schien möglich, aus den alten Mustern auszubrechen und endlich doch sie hinter sich zu lassen.

Nein, es ist nicht möglich.

Aber das Herz jetzt wieder –

Ursina legt sich eine Hand fest auf die Brust, spürt die heftigen Schläge, und ihr ist, dass etwas reißt in ihr –

Wenn sie es könnte, jetzt in der Luft sich zerreißen, ganz und gar, vom Scheitel bis zur Sohle; und verschwinden für immer.

Ja, wie Rumpelstilz!

Das Lachen, es lacht aus ihr heraus, laut und schrill und spitz und scharf; Ursina spürt, gleich wird es kippen, und abstürzen mit ihr – und sieht:

Fast direkt vor ihr, aus dem Nichts heraus, springt etwas auf – ein Hase! Haken schlagend, hüpft er hangabwärts und verschwindet im Gebüsch.

Im Gras dort ist eine Mulde; dahinein muss sich der Hase geduckt haben, bis kurz vor seinem Sprung.

Ursina geht hin und setzt sich in die Mulde, die trocken ist und fast noch warm.

Bereits damals, nach der Eröffnung von *AquaLudens*, hätte sie erkennen können, worauf es hinausläuft.

Lino hatte ihr auf der Rückfahrt Lengnau gezeigt, jenes Dorf im Aargau, in dessen Mitte eine Synagoge steht, die nicht minder groß ist als die katholische Kirche gegenüber; und auch den alten jüdischen Friedhof an der Straße Richtung Zürich zeigte er ihr. Beides hatte sie vorher nie gesehen, nicht einmal davon gewusst.

Wie wenig du weißt von deinem Land, und von denen, die im Laufe der Jahrhunderte hergekommen sind und es reich gemacht haben – so Lino.

Auch in Baden, im Langmatt-Museum. Ja, damals

wunderten sie sich noch gemeinsam, wie reich diese Fabrikantendynastie geworden sein musste, dass sie all die herrlichen Kunstschätze zusammentragen konnte, beziehungsweise wie weit die Browns es gebracht hatten, deren Erster doch schlicht eingewandert war in die Schweiz, um hier sein Glück zu versuchen.

Und jenseits der Limmat, im Musée bizarre, das die »Überwindung des Menschseins« als Persiflage auf die Freud'sche Psychoanalyse zeigt, das Bild jener Dame in rot-orangem Kleid, mit Spitzeneinsatz an Ausschnitt und Ärmeln, und goldschimmernde Perlenketten um Hals und Armgelenke, aber mit einem Hundekopf.

Lino wollte wissen, als sie eine Karte kaufte, wem sie die denn schicke.

Einer Freundin in Berlin, die in ihrem Liebeswahn sich dem geliebten Mann hündisch zu unterwerfen beginnt; vielleicht ja versteht die Freundin den Wink.

Die Sonne jetzt! Plötzlich ist sie da. Ihre Strahlenbündel, die sich übers Land ergießen; ein Lichtvorhang. Schemenhaft verblassend dahinter die Berge; und auf dem gegenüberliegenden Ufer die Streifschatten, die Albis-Ausläufer und Etzel modellieren, als ob sie grade eben frisch erschaffen seien. Über dem See der Dunst ist fast ganz aufgelöst jetzt; und eine Fähre, die von Horgen herüberkreuzt, vermutlich die erste am Morgen – Ursina schaut auf die Uhr: fünf Minuten nach sechs.

Damals, nach dem ersten Wiedersehen, der Abschied auf der Fähre: Lino hatte Toro bei Freunden in Horgen untergebracht und fuhr, um ihn abzuholen, über den See; sie fuhr mit. Abschied auf dem Wasser: dicht beieinander standen sie an der Reling, schauten über den spiegelglatten See, in die zart verschleierten Berge, schwiegen; aber Lino legte seine Hand auf ihren Rücken, strich der Wirbelsäule entlang und zurück bis ins Kreuz, sie erspürend, ertastend, fragend. Die letzte Umarmung, als die Fähre beim Anleger anstieß. Wie schwer ihr fiel, ihn ziehen zu lassen! Die unverhoffte Nähe der vergangenen Tage und Nächte, das wiedererwachte Begehren in einem fast vergessenen Maße – wie lange würde es dauern, bis sie sich wiedersähen.

Und wieder die vielen Mails. Von ihren Träumen und Ängsten schrieb sie, ihren Wünschen und Hoffnungen; Lino schrieb fast immer sehr konkret, von Ereignissen in Rágomo, oder wo immer sonst er unterwegs war.

Einmal allerdings: Ich habe geträumt, auf der Terrasse, die ich mit Brunos Hilfe gebaut habe, der zwar kein Statiker ist, aber doch fast alles kann um Haus und Hof herum, im Traum waren sehr viele Leute auf der Terrasse, dicht an dicht, eine Party oder so ähnlich, und plötzlich hörte ich ein Knacken im Beton, und die Terrasse, mit all den vielen Leuten drauf, begann sich zu neigen; als sie abstürzte, bin ich aufgewacht.

Einmal auch schrieb er vom Rosenbusch neben seiner *stalla*: der habe noch einmal Blüten getrieben, ein feuerrotes Blütenmeer, fast beängstigend. Die Rosenzeit ist doch längst vorbei; ob es so etwas gibt wie »Notbluescht«?

»Herbstbluescht« gibt es, sah sie im Idiotikon, auch »Winterbluescht« – woher aber nahm er die Not?

Auch, dass die Frauen in Rágomo ihn, den alleinstehenden Mann, immerzu einladen würden zum Essen; eine koche besser als die andere, am besten die Gattin des Lehrers, der häufig in Sachen Politik unterwegs sei, leider für die Lega Nord; aber die Frau mit ihrer Küche, schrieb er, die ist nicht zu verachten. Warum ich dir das schreibe? Um dich ein bisschen zu necken.

Ja, sie nahm es als Scherz.

Wie lange nahm sie alles als Scherz!

Erst als Illya auftauchte, begann sie, noch nicht zu verstehen, aber doch zu ahnen, worauf es hinauslief.

Ursina schaut auf: Das Land ringsum, von der frühen Sonne gestreift, erscheint unwirklich plastisch jetzt; die Hügel und Kuppen und Höhenzüge sind schimmernd hell, dazwischen die Mulden und Talsenken in tiefdunkles Blaugrau getaucht. Der See, frei von allem Dunst, ist ein glänzender Spiegel. Aber unübersehbar nun auch: die in die Landschaft hinaus zerfransenden Ortschaften mit all den Einkaufszentren, Autohäusern, Hobbymärkten.

Lino schrieb: Getroffen habe er Illya in Clusone, nach Ràgomo der nächste Ort talabwärts. Illya hockte auf der Mauer vor dem Oratorio dei Disciplini und betrachtete die Fresken über dem Eingangsportal; es war früher Nachmittag, kein Mensch sonst auf der Piazza. Illya sprang auf und kam auf mich zu und fragte, ob ich über diesen einzigartigen Totentanz etwas wisse. Zwischen allen im Reigen je ein Schnitter Tod, zwischen dem Bauern, dem Weinhändler, dem Edelmann, dem König! Jedem sein eigener Tod! Und thronend darüber dreifaltig *la morte triomfante*. Dieser Herrscherin über alles Irdische bringen Könige und Fürsten und Priester und auch der Papst Geschenke dar, um sie gnädig zu stimmen – die einen werden erhört, die anderen nicht, die einen haben Glück, die anderen nicht, sagte Illya.

Er sei nämlich Filmemacher und überlege nun, ob er diesen Triumph des Todes, den er zufällig fand, der ihm sozusagen zufiel, als Vorspann zu seinem nächsten Film nehme. Thema des Films sei der Frauenhandel aus den Ostländern. Frauen also, die wenig bis kein Glück haben in ihrem Leben. Die Wege dieser Frauen aus Moldawien und der Ukraine wolle er verfolgen und der Frage nachgehen: Sie, die sich, freiwillig oder unfreiwillig, drauf einlassen, ihr »Glück« in Mittel- und Westeuropa zu suchen, was wissen sie, was wissen sie nicht, was wollen sie nicht wissen, was können sie nicht wissen, was verdrängen sie. Die Suche nach dem Glück, nach der Machbarkeit des Glücks – ein heikles Thema in diesem Zusammenhang; und: schwierig zu finanzieren. Aber Illya will diesen Film unbedingt machen und ist zur Zeit auf der Suche nach möglichen Drehorten, schrieb Lino. Und dass er Illya in der Schweiz und in Norditalien helfen werde, die nötigen Verbindungen zu einschlägigen Orten zu finden.

Lino, der lebenslang gegen die Ausbeutung der Schwachen gekämpft hat und sich eingesetzt für Brüderlichkeit, Solidarität, Menschenwürde, Lino, der sagte: nun sei Schluss damit, nun werde er den Rückzug antreten in die Gewöhnlichkeit und nur noch für sich selbst sorgen, ohne ein Ziel; dabei werde er ja sehen, was Neues auf ihn zukomme.

Was auf ihn zukam: sein altes Thema. Das Kain-und-Abel-Thema, wie er es nannte, Vorverurteilung zu Gelingen oder Misslingen des eigenen Lebens.

Wie kann Gott einen dem anderen vorziehen, obwohl ihm doch beide redlich dienen! Schon als Kind habe ihn im Religionsunterricht diese Geschichte empört. Diese Ungerechtigkeit. Die einen lässt Gott im Reichtum leben, den sie auf Kosten der anderen anhäufen.

Ja, Lino war Feuer und Flamme, das Thema ließ ihn nicht mehr los.

Der Obersee, glitzernd im morgendlichen Gegenlicht, schimmernd dahinter der Alpenkranz, die Schneeflächen jetzt fast gleißend, aber der Himmel ist weiß – Ursina schaut seeabwärts: von Westen her ziehen Schlieren auf; es wird wohl eintrüben gegen Mittag.

Im Herbst, nach Linos Rückkehr aus Rágomo, die gemeinsamen Spaziergänge auf den Höhen um den Zürichsee; die Bauerngärten voller Astern und Dahlien; auf den Wiesen die Obstbäume in allen Farbschattierungen, von Grün über Aubergine, Dunkel- und Hellrot bis zum glühenden Goldorange, das Wespengesumm ums herabgefallene Obst, die herbe Süße der Mostbirnen, und von den frischen Baumnüssen die milchige Süße. Und auf den Weiden die Kühe mit ihren Augen voller fassungslosem Staunen, und die Pferde, die, kaum stellte sich Lino an den Zaun, herankamen und sich von ihm über Stirn und Nüstern streichen ließen. Wie gerne er als Kind geritten wäre! Aber die ewige Angst der Mutter, dass ihm etwas passieren könnte. Nicht einmal, als es kostenlos möglich gewesen wäre, Stallausmisten als Gegenleistung, hat sie es erlaubt.

Kaum die Schule abgeschlossen, zog er weg von Sankt Gallen, und bald schon, sagte er, habe er sich ein Pferd gekauft aus dem, was er sich neben dem Studium erarbeitet hatte; ein schlichtes kleines Pferdchen, das er bei einem Bauern hinter der Forch in Wannwies unterstellen konnte; zwei dreimal die Woche sei er hin, um es zu reiten. Dann allerdings, als Beatrice auf der Welt war, musste er es verkaufen, aus Geld- und Zeitmangel.

Heute hat er einen kohlrabenschwarzen Halbaraber, der in Rágomo bei Bruno im Stall steht. Lino hatte ihr ein Foto geschickt.

Und die Weintrauben, die er mitbrachte aus Rágomo, zuckersüß und goldgebräunt von der Sonne, eine ganze Kiste voll. An seiner *stalla* wüchsen die Reben bis übers Dach, und wenn er sie nicht jedes Jahr wieder gründlich zurückschneiden würde, hätten die längst alles überwuchert.

Spätabends nach seiner Rückkehr ist sie noch zu ihm in den Tobelhof gefahren; tagsüber hatte sie auf der Zürcher Messe ihre Herbstkollektion präsentiert; und war, als sie bei ihm ankam, sehr hungrig. Lino bot ihr zu den köstlichen Trauben einen herrlich rezenten Käse aus den Bergamasker Alpen an und Brot und Wein; und als sie gegessen und getrunken hatte, fragte er: Bist du schon satt? Oder willst du noch etwas anderes?

Ich bin rundum satt und sehr glücklich, dass du wieder da bist, und jetzt – jetzt will ich nur noch dich!

Sie als Frau, in ihrem Alter, sie fand sich mutig, endlich doch so direkt ihren Wunsch zu äußern – aber kaum hatte sie es getan, sah sie in Linos Blick: sie hätte es besser gelassen.

Über den See kreuzende Fähren, hin und her, Ursina schaut auf die Uhr: Ja, im Zehnminutentakt fahren sie. Aber der Glanz auf dem Wasser ist fast erloschen jetzt, nur einzelne Glitzerflächen noch, dazwischen stumpfgraues Gekräusel. Mehr und mehr trübt es sich ein; Albis und Zimmerberg sind bereits schattenlos.

Bei ihr in Hochwil ist Lino nur einmal gewesen; immer sonst war sie bei ihm. Nie kam er los, aus tausend wichtigen Gründen. Und als er endlich doch kam, schaute er sich in ihrer Wohnung interessiert um und wollte von allem wissen, was und woher es ist, und sagte schließlich: Dass du so wohnst, dachte ich nicht!

Was meinst du mit »so«?

So schön! Dass du schön wohnst, konnte ich mir ja denken, aber so schön.

Du meinst die vielen Teppiche und Kelims, und die Stickereien an den Wänden?

Ja, man sieht, dass du Geschmack hast; deine großbürgerliche Herkunft sieht man.

Nein, sie muss sich nicht rechtfertigen für ihren Geschmack. Geschmack zu haben ist unumgänglich für sie als Textilhändlerin, damit verdient sie ihr Geld. Auch nicht für ihre Herkunft muss sie es. Dass ihre Mutter schlicht aus einer Bündner Gastwirtfamilie stammt – warum sollte sie insistieren! Und ihr Vater, Sohn aus einer Glarner Textilfabrikanten-Dynastie, der sich über die ständischen Bedenken seiner Eltern hinwegsetzte und die brünette Bündner Schönheit zur Frau nahm, es hat ihn nicht gehindert, die brünette Schöne mitsamt den beiden kleinen Töchtern nach wenigen Jahren schon zu verlassen, wegen einer noch jüngeren, noch aparteren, einer welschen Schönen.

Dass Lino sich immer wieder festbiss daran!

Auch als er von der Dachterrasse herunterkam, begeistert vom Blick über den ganzen oberen Zürichsee bis weit nach Westen, mit so viel Himmel, wie selten zu haben in der Schweiz. Aber dann, als er sie den Tisch decken sah:

Du hast ja Silberbesteck! Macht das deine Putzfrau so blank?

Ja, Catarina macht auch das, warum nicht.

Ist sie Italienerin?

Nein, aus Kroatien.

Das Essen immerhin war gelungen. Weder Indisches noch Persisches noch Türkisches hatte sie ihm anbieten wollen, und da er selbst vor allem italienisch kocht, aus Überzeugung, und weil er, wie er sagt, nur dies kann, hatte sie sich für etwas »Schweizerisches« entschieden:

Kalbszunge, gesotten nach Art ihrer Großmutter, dazu Dörrbohnen, im Zungensud gekocht. Statt der Kapernsauce allerdings rührte sie eine nicht minder köstliche Sauce aus französischem Senf, Tessiner Kastanienhonig, Orangensaft und Salz.

Lino kannte Zunge nicht, aber sie schmeckte ihm ganz offensichtlich. Und auch sonst ließ sich der Abend heiter an; sogar bei den frischen Kirschen, die sie zum Dessert auftischte, blieb ihnen das Lachen im Hals nicht stecken, oder nur sehr kurz, als Lino fragte: Kirschen im Winter – wieso denn das?

Kirschen im Sommer hatten wir, als wir jung waren. Jetzt ist Winter, jetzt gibt es Kirschen direkt aus Chile eingeflogen; am Morgen beim Migros gesehen und sofort gekauft für uns zum heutigen Abend!

Auch der Clevner vom Zürichsee konnte bestehen; die hiesigen Winzer bringen inzwischen einen Wein zustande, der sich gut trinken lässt, das sah auch Lino so.

Selbst die Korallenketten, die sie in Zinntellern auf der Kommode in ihrem Schlafzimmer liegen hat, hell- und dunkelrote, rosen- und fast elfenbeinfarbene, längere und kürzere Ketten; Erbstücke von ihrer Großmutter väterlicherseits, die ein *faible* für Korallen hatte und von all ihren Reisen an die Côte d'Azur immer wieder neue mitbrachte; als Lino die Fülle sah, selbst die störte ihn nicht. Lachend sagte er nur: Ja, ich wollte in der Backstube schon immer lieber Sauerteig sein als Patisserie, wohingegen du, wie man sieht, es üppig magst.

Aus seinem Lachen hatte sie herauszuhören gemeint, dass ja nun auch ihm das permanente Sauerteig-sein-Müssen suspekt geworden sei; jedenfalls war die gemeinsame Nacht dann nicht schlecht.

Und am Morgen, während sie die Milch zum Kaffee aufschäumte, seine Erzählung vom Nescafé: Bruno, mein Nachbar in Rágomo, bringt jeden Morgen die Zeitung herüber, und bevor wir beide an die Arbeit gehen, trinken wir zusammen noch einen Cappuccino. Für den Milchschaum bin ich zuständig, ich bin der Milchschaumspezialist, und Bruno bereitet den Kaffee; im kleinen, altbewährten italienischen Doppelkännchen, unten das Wasser, oben der Kaffee – einen besseren Caffè gibt es nicht! Der aus den teuren Espresso-Maschinen, die heute alle sich in ihre supermodernen Küchen stellen, taugt überhaupt nichts. Aber früher haben die Reichen ja Nescafé getrunken. Obwohl dieses schockgefrorene Instantzeugs doch wirklich grauenhaft schmeckt. Trotzdem, es war damals neu, galt darum als superchic. In silbernen Dosen, extra passgenau für die Nescafé-Dosen angefertigt, haben sie ihn aufbewahrt.

Woher eigentlich weißt du so genau, wie's bei den Reichen zugeht?

Meine Mutter, wenn sie putzen ging, nahm mich immer mit, als ich klein war. Und wenn sie denen ihr Silberzeug putzen musste, dann eben immer auch diese Nescafé-Dosen. Den schwefeligen Geruch hab ich noch heute in der Nase. Übrigens: schockgefroren ist falsch, das heißt »gefriergetrocknet«; was aber auch nichts ändert am hundsmiserablen Geschmack.

Warum eigentlich hat dich deine Mutter nicht in eine Kinderkrippe gegeben?

Das konnte sie nicht, nicht nur weil es etwas gekostet hätte, aber was dort alles hätte passieren können! Solange ich ein Baby war, schlief ich ja, während sie putzte, und manchmal zwischendurch stillte sie mich. Aber auch später noch musste ich immer mit; sie band mich mit einer Leine ans Tischbein, um meinen Krabbelumkreis zu begrenzen.

Daran kannst du dich erinnern?

Nein, nicht konkret, nur an ein diffus unwohles Gefühl im Zusammenhang mit Mutters Putzengehen, an den spezifischen Geruch dieser Häuser; und an die permanenten Ermahnungen, später, als ich größer und einigermaßen verständig war, dass ich um Himmels willen nichts anfasse. Immer bei der Mutter sein musste ich, in welchem Zimmer sie auch beschäftigt war, in ihrem Blickfeld.

Da endlich konnte sie Lino nach den »kontrollierenden Blicken der Mutter« fragen!

Meine Welt damals hat von der Ecke St. Martinstraße bis zur Ecke Obere Mühlentreppe gereicht, und zwar aufs südliche Trottoir beschränkt. So weit konnte mich die Mutter, wenn sie sich aus dem Fenster beugte, im Auge behalten. Eines Tages aber, ich war ungefähr drei Jahre alt, fuhr ich mit dem Dreirad einfach weiter und bog in die verkehrsreiche Gottfried-Keller-Straße ab, in Richtung Stadt, und da habe ich ein Wunder erlebt: die Welt geht immer weiter! Erst als es zu dämmern begann und ich wieder nach Hause wollte, was hieß, die Straße wieder bergauf, da hat sich ins Rauschen der Welt die Angst gemischt. Und als ich zur Tür hereinkam, saß die Mutter in Tränen aufgelöst; und abends dann hat mich der Vater verdroschen. Aber nun wusste ich: die Welt ist unendlich groß.

Der kleine Knirps, der sich auf dem Dreirad die Welt erobert – was für ein rührendes Bild! So dachte sie damals, als er ihr die Geschichte erzählte, und stellte sich vor, wie allerliebst das Bübchen mit seinen dunklen Locken ausgesehen haben musste.

Die ihr damit angetragene Rolle sah sie noch immer nicht.

Erst mit dem Auftauchen von Illya dämmerte es ihr.

Illya, der die Termine vorgab, mit einer Dringlichkeit, dass Lino alles andere stehen und liegen ließ; alle Verabredungen, auch die mit ihr. Das Konzept für den Film musste fertig, dann korrigiert werden, dann überarbeitet, dann ein Exposé erstellt, um Filmförderung beantragen zu können und so weiter. Und schließlich das Ansinnen, dass sie als Außenstehende das Exposé auf seine Stringenz hin durchsehen sollte, ob die Idee verständlich sei, herauslesbar, worum es geht; eben nicht nur um die Aufdeckung der schwerstkriminellen Machenschaften, sondern auch: Wo bleibt die Hoffnung aufs Gelingen des Lebens, die doch am Anfang einer jeden Biografie steht? Oder anders: Wie ist zu verstehen, dass den einen das Leben »gelingt«, den anderen nicht.

Als Lino ihr das Script schickte, musste es sehr schnell gehen, von heut auf morgen; keine Frage, ob es ihr passte oder nicht. Lino sagte: Yelyzaveta tut alles für ihren Illya, sie sorgt für ihn wie eine Mutter, und du, Ursina, kaprizierst dich, wenn ich dich einmal um Hilfe bitte.

Ursina geht zurück zum Auto, und schaut, bevor sie aufschließt, noch einmal übers Land und den See: Der Morgenglanz ist verblasst. Aber im Westen, unter der Schäfchenwolkendecke hervor, ist ein türkisblauer Himmelsstreif zu sehen. Vielleicht ja reißt es tatsächlich wieder auf gegen Mittag.

Ursina setzt sich ins Auto, dreht den Zündschlüssel, fährt den Feldweg zurück zur Straße, wartet, bis sie endlich einbiegen kann, viel Verkehr ist unterwegs jetzt; und unverhofft hat sie Grusche wieder im Ohr, Grusches Abschiedslied.

Simon Chacava, ich werde auf dich warten.
Geh du ruhig in die Schlacht, Soldat
Die blutige, die bittere Schlacht
Aus der nicht jeder wiederkehrt
Nein!
Nein – *ich werde* nicht *warten auf dich!*

Nicht *unter der grünen Ulme*

Nicht *unter der kahlen Ulme*

... und wenn du wiederkehrst... nichts mehr *ist wie einst!*

Nicht immer und immer wieder diese Illusion!

Sie muss endlich ein Ende haben.

Aber das Herz jetzt plötzlich wieder! Bis in den Hals –

Ursina hält sich am Lenkrad fest, beschleunigt, schaltet hoch; fährt an Wiesen und Weiden vorbei und am Moor; das Wollgras, weiß wie die Schäfchen am Himmel! Und auf den Feldern das Getreide, noch grün, aber wie hoch es schon steht! Und weiter durch Dörfer; und schließlich die Abzweigung nach Hochwil.

Gleich, wenn sie zu Hause ist, wird sie den Flug für Lima buchen.

Sie wird die Einladung annehmen, sie wird teilnehmen an der Tagung, deren Thema ist: Wiederbelebung textiler Traditionen der indigenen Bevölkerung in den Anden.

Ob oder ob nicht sie teilnimmt, wie lange hat sie die Entscheidung hinausgeschoben!

Was hatte sie dort in den Anden zu suchen! Woher sollte sie, die Europäerin, wissen, was das Leben der Frauen in den Bergen Südamerikas verbessern könnte!

Weil sie von Lino nicht loskam, darum.

Ja, sie wird hinfliegen; und ihren kleinen Beitrag leisten, das immerhin ist möglich.

Ob sie, bevor sie fliegt, Lino einen Abschiedsbrief schreibt?

In jener schwül-heißen Sommernacht fand sie lange nicht in den Schlaf; sie drehte sich hin und her im mehr und mehr zerwühlten Bett, während die Frage sie umtrieb, ob sie nicht doch die Chance beim Schopf packen sollte und probieren, was daraus wird, statt weiter, wie sie es so viele Jahre getan hatte, nur immerzu warten – in Sehnsucht eingehüllt.
Chronos und Kairos, wieder standen sie vor ihr, diese beiden, die nichts können ohne einander, Gott der seit je strömenden Zeit und Gott des rechten Augenblicks, der die Zeit teilt in Vorher und Nachher, Beginn einer jeden Geschichte – und wieder fragte sie sich: Woran ist er zu erkennen, der richtige Augenblick?
Und was, wenn sie ihn zu erkennen meint und ihn ergreift?
Gegen Morgen, es dämmerte bereits, überfiel sie ein kurzer Schlaf voller wilder Träume, und als sie aufwachte, war sie entschlossen. Sie rief ihn an, sagte, sie müsse ihn unbedingt noch einmal sehen vor seiner Abfahrt, zu vieles sei unklar geblieben, ungesagt.
Das Treffen, mittags in einem Gartenrestaurant, brachte ihr die gewünschte Klarheit nicht, sondern das Gegenteil: komplette Verwirrung. Auch beim nächsten Treffen, Spaziergang über Hügel mit Blick auf einen See, gelang ihr je länger je weniger, frei und keck das Blaue vom Himmel herabzupflücken.

Damals im Frühling, auf jenem ersten Spaziergang, hatte seine Aufforderung, sie dürfe doch auch wünschen, eine Lawine von Wünschen losgetreten; und als er, kaum dort angekommen, wo er die Sommermonate verbringen wollte, um ungestört zu arbeiten, sehr bald schon den Kontakt wieder aufnahm – was sie nicht erwartet hatte, wenn auch gewünscht –, da verstand sie es nicht anders, als dass auch er nicht wunschlos sei. Worauf sie fast sofort jenes »Heute wünsch ich mir von dir«-Spiel anzettelte.
Du sagtest, ich dürfe auch wünschen – ich wünsche mir, schrieb sie, dass du dir etwas von mir wünschst.
Er wünschte, dass sie ihn fest halte in ihren Armen, und ihn nicht mehr nur scheu und flüchtig küsse wie beim Abschied auf dem Parkplatz.
Worauf sie sich wünschte, ihn auch überall sonst küssen zu dürfen, an Seen und Flüssen und Meeren, auf Wiesen und auf der Straße, in Treppenhäusern und Fluren, eben immer und überall; oder besser doch nicht überall, nicht im Theater oder Kino oder in der U-Bahn oder im Bus – die beiden Alten, was glauben die denn, wer sie sind!
Ja, auch in Treppenhäusern und Fluren, schrieb er zurück, das gefalle ihm alles sehr gut, zudem mit einer Frau im Alter seiner Mutter – seltsam, dass es statt einer Inzesthemmung zu kribbeln beginne.
Blind vom Wünschen, taub für alle Warnungen, überging sie die *Frau im Alter seiner Mutter.* Auch als er schrieb, er habe sie sich in seinem Bett vorgestellt, mit vielen kleinen Defekten am Leib auf Vorrat, und dass es sehr warm war in ihren Armen; er wünsche, dass auch sie ihn gespürt habe.

Waren sie denn nicht beide alt geworden?
Sie wunderte sich zwar, fragte aber nicht nach, formulierte nur um: Ja, ich spüre dich, wenn ich dich nachts in meinen Armen liegend finde. Und immer mehr traue ich mich, dich mit meinen Händen zu erkunden. Und zuzulassen, dass deine Hände auch über mich streichen, über meinen Leib, der, ja, du sagst es, natürlicherweise gezeichnet ist von den vielen, bereits gelebten Jahren. Bei dieser Vorstellung schrecke ich nicht mehr zurück; sie dürfen kommen, diese Bilder.

Als sie ihn zum letzten Mal besuchte, nicht ahnend, dass es das letzte Mal sein würde, eilte sie, spät dran, wie sie war, die Treppen hoch und sah, oben auf dem Treppenabsatz stand, schwanzwedelnd und hin- und hertrippelnd, Assja.
– Hey, Assja, schön, dich wiederzusehen!, sagte sie und strich, oben angekommen, über ihren Kopf und Hals und griff kraulend unter ihre Schnauze.
Er, in der Tür stehend, mit Blick zum Hund:
– Da scheint sich jemand aber zu freuen!
– Und ich erst – wie ich mich freue, dich endlich wiederzusehen!
Aber: sein Lächeln war sparsamer als je zuvor.
Eine Verstimmung, ein Ärger, was auch immer, sie kümmerte sich nicht weiter darum, sondern strahlte ihn an in ihrer erwartungsvollen Freude –
– Deine Lippen, sagte er, sind ja so blutigrot, die kann man gar nicht küssen.
Sie verwünschte das Feuerrot auf ihren Lippen und schlüpfte, ungeküsst, aus ihren rotglänzenden Ballerinas;

nach dem Essen wird es weg sein, das Rot, sagte sie sich; und ihm, dass ihr die Verspätung leidtue; eine Freundin mit Liebeskummer habe sie am Telefon nicht einfach abklemmen können, sondern unbedingt noch mit ihr sprechen müssen und sie trösten – nicht ahnend, wie bald auch ihr dieser Kummer bevorstand.
Nach dem Essen küssten sie sich noch immer nicht, sondern nahmen, wie vereinbart, den Text zur Hand, um ihn gemeinsam durchzugehen; eine längere Arbeit, die kurz vor der Abgabe stand. Seite um Seite gingen sie durch, konzentriert auf die Sache, ohne irgendeinen einzigen winzigen Blick füreinander. Dies und das merkte er an, wies auf ein paar nicht ganz schlüssige Details im Aufbau hin, fragte hier und dort etwas nach, mehrmals auch, warum sie sich denn so zurücknehme in ihrem Schreiben, und sagte schließlich, im Großen und Ganzen aber sei die Sache sehr gelungen.
Oh, sein Lob bedeutete ihr viel!

Mitternacht war längst vorbei, als sie mit der Arbeit fertig waren; sie blieben, etwas erschöpft, nebeneinander auf dem Sofa sitzen, sie glücklich und dankbar, dass er sich so viel Zeit genommen hatte und auf ihren Text so intensiv eingegangen war.
– Es sieht ja so aus, als ob du hierbleibst heute Nacht.
Warum sagte sie nun nicht: Möchtest du, dass ich bleibe? Wahrscheinlich hätte er geantwortet: Wäre nicht schlecht.
Stattdessen sagte sie:
– Vielleicht sollte ich jetzt gehen. Du wirkst sehr müde.

Darauf sagte er nichts.
– Aber ich will ja gar nicht gehen; ich will doch bei dir sein.
– Ich jedenfalls muss jetzt mit Assja noch raus, die hat schon so lange gewartet.
Und vom Flur aus, mit Leine in der Hand, das freudig wedelnde Tier neben sich:
– Ich werd' dann ja sehen, wenn ich zurückkomme, ob du noch da bist.
– Möchtest du es denn?, sagte sie nun doch.
– Wäre nicht schlecht.
Und als er zurückkam vom Hunde-Ausgang und sie immer noch auf dem Sofa sitzend fand:
– Warum bist du denn nicht schon ins Bett gegangen? Du weißt doch, wo das Schlafzimmer ist.
Vielleicht antwortete sie, sie sei hier ja nicht zu Hause, sie würde sich nicht einfach so in sein Bett legen, unaufgefordert. Oder: Sie würde es nur tun, wenn er sie dazu einlade. Ob sie überhaupt etwas sagte oder es nur dachte, ist letztlich unwichtig. Unverständlich ist aber, dass sie seine Worte nur mehr als gegen sie gerichtet nehmen konnte; dass sie ihn nicht mehr nahm, wie er ist, ein Mann mit Hund und mit einer sehr eigenen Art zu scherzen.
Sicher jedenfalls ist, dass die Liebe in jener letzten gemeinsamen Nacht entsprechend geriet: lieblos.
Und am Morgen: als Assja sich aus ihrem Korb erhob und schwanzwedelnd zu ihm ans Bett kam, war sein erstes Wort an den Hund gerichtet.
Füreinander hatten sie keine Worte mehr; die Sprache war ihnen abhandengekommen.

Als ob wir seit vierzig Jahren verheiratet wären! So schien es ihr, noch im Bett liegend, während von nebenan das Rauschen der Dusche zu hören war.
Sie zog sich die Decke über den Kopf, um das Wasserrauschen nicht mehr zu hören, um nicht weiter und weiter sich zu fragen, was sie immer wieder falsch macht; und brach in Weinen aus. Und plötzlich, während sie weiter weinend unter der Decke lag, spürte sie etwas Feuchtwarmes an ihrem Fuß – die Schnauze von Assja. Nein, sie zog den Fuß nicht zurück, sondern ließ zu, dass der Hund ihr die Zehen leckte; worauf ihre Tränen noch heftiger flossen.
Damit es endlich aufhöre, das Weinen, die Ohnmacht, der Schmerz, warf sie schließlich die Decke zurück und setzte sich auf; worauf Assja schwanzwedelnd ums Bett herumgesprungen kam und ihr die Schnauze auf die nackten Knie legte; worauf sie dem Tier über Kopf, Hals und Rücken strich.
Assja, warum ist es so gekommen?
Worauf Assja zur Badezimmertür lief und zurückkam zu ihr, mehrmals hin und her.

– Assja nimmt offenbar wahr, dass etwas nicht stimmt zwischen dir und mir, sagte sie, als er, frisch geduscht, vor der Kommode stand und sich Unterwäsche heraussuchte.
– Ja, Tiere nehmen sehr viel feiner wahr als der Mensch, was los ist.
– Als ob Assja, in ihrer Hundeart, die Missstimmung aufzulösen versuchte, so lief sie hin und her.
– Assja versucht, das Rudel zusammenzuhalten.
– Das Rudel?

– Wer mit dem Leitwolf zusammen ist, der gehört zum Rudel. Assja kann ohne Rudel nicht leben, sie hat keine Wahl; darum muss sie es zusammenhalten.
Ja, Assja gehörte dazu, von allem Anfang an.

Ein einziges Mal nur war Assja nicht dabei. In jenem Hotel am breiten grünen Fluss, als sie sich zum ersten Mal umarmten. Aber schon am Morgen: vom Bad aus hörte sie, dass er sich telefonisch bei den Freunden erkundigte, wie es Assja erging; und erzählte dann: Assja fresse nicht, reagiere kaum, stehe nur apathisch herum und wolle noch nicht einmal raus. So sei das eben mit der Liebe der Tiere – sie verstehen nicht, dass man sie nicht ausgestoßen hat, wenn man mal nicht da ist; erklären kann man es ihnen nicht. Darum müssen sie die Trennung jedes Mal wieder neu durchleiden.

Als sie sich auf den Mann mit Hund doch eingelassen hatte, nannte sie es eine Herausforderung. Und nahm hin, als er sie in ihrem Haus besuchte, dass er abends den Hundekorb fraglos bei ihr ins Schlafzimmer stellte; obwohl sie niemals einen Hund im Haus haben wollte, schon gar nicht im Schlafzimmer. Sie ließ es zu, ausgerechnet sie, die schon den Geruch von Hunden nicht ausstehen konnte.
Aber seinen Geruch, den mochte sie.
Einmal nachts bei ihm, als ihr kühl war, bat sie ihn um ein T-Shirt; worauf er ihr sein getragenes reichte:
– Du magst doch, wie ich rieche – oder willst du ein frisches?

Ob sie ein frisches oder das getragene überzog, ist einerlei; aber dass sie ihm noch immer alles abnahm!
Zwar erschrak sie über den rotgetigerten Kater in seinem Traum, der ihm so liebebedürftig um die Beine strich, dass der Tierarzt offenbar riet, ihn »abzutun« – interessanter als die Frage, wer der Kater ist, du oder ich, schrieb er, sei doch: Wer ist dieser Idiot von Tierarzt? Wenn man alles selber ist im Traum, dann bitte ich dich um Verzeihung und danke dir für das Vertrauen, dass ich dir so etwas schreiben darf.
Die Koinzidenz des nochmaligen Zusammentreffens in ihren späten Jahren schien ihr, liebestrunken wie sie war, weiterhin so einzigartig und so vielversprechend – sie bräuchten die Chance nur zu ergreifen.
Dass die Chance längst vertan war, sah sie nicht.

Märkisch Oderland. Herbst

Ursina stampft die Erde von den Gartenschuhen, löst die Schnürbänder, schlüpft heraus und in die Hausschuhe hinein, die auf der Schwelle bereitstehen; sie hängt die Gartenjacke an den Haken hinter der Tür, nimmt die Schale mit Brombeeren in die Küche herein, stellt sie auf den Tisch: neben den hellgelben Klaräpfeln, wie schön sie aussehen, dunkel glänzend, fast schwarz! Die letzten wohl in diesem Jahr.

Sie setzt Wasser auf für Tee, richtet im Ofen das Feuer, gießt den Tee an und stellt ihn auf den Tisch, schiebt den Stapel Veranstaltungsprospekte zur Seite, setzt sich, greift nach dem Kalender, schlägt die kommende Woche auf – ihr Blick fällt auf Sonntag, den 23. September: Reise nach Armenien mit Lino & seinen Freunden – kreuzweise durchgestrichen, darunter in Rot: ohne mich!!!

Nun wird wirklich wahr: die Reise findet statt – ohne sie.

Ich lade Euch alle ein, meinen runden Geburtstag mit mir in Armenien zu feiern!

So hatte Lino geschrieben.

Was für ein Glück, schrieb sie zurück, dass du auch mich auf die Adressatenliste gesetzt hast! Dass du auch mich einlädst, zusammen mit deinen Freunden und deinen beiden erwachsenen Kindern – wie sehr ich mich auf diese Reise freue!

Linos Antwort: Ja, es hat einfach sein müssen, blitzzuversichtlich; das setzt eine Verbindlichkeit, eine Spannung ins nächste Jahr hinein.

Wiederbegegnet waren sie sich auf der Bio-Messe im Congress Centrum Berlin, beim Stand mit den Produkten aus Armenien. An seiner Stimme hatte sie ihn erkannt. Sein begeisterter Ton – etwas abseits stehend, hörte sie zu, wie er den Umstehenden vom Land am Südfuß des Kleinen Kaukasus erzählte; von den Anstrengungen, auf altem, angestammtem Boden einen neuen, autonomen Staat zum Funktionieren zu bringen und die Wirtschaft in Gang, trotz aller politischen und sonstigen Widerstände, trotz geschlossener Grenzen zu den Nachbarn Türkei und Aserbaidschan; in einem Land, das, außer uralter Kultur und sehr viel Stein, wenig Ressourcen hat. Er sagte, eine neue Generation mit unternehmerischem Geschick habe viel angestoßen; eine Generation, die nicht mehr nur klagen wolle und der Größe untergegangener armenischer Reiche nachtrauern; auch nicht mehr angewiesen sein auf die milden Gaben der Verwandten, die in Europa oder in Russland oder in den USA es zu etwas gebracht haben; und auch nicht mehr auszuwandern wünsche, wie so viele es getan haben in den vergangenen Jahrhunderten, sondern nun endlich in diesem ihrem Land ihr Leben selbst in die Hand nehmen und mit dem, was hier und heute ist, neu beginnen.

Seit ihrer Wohngemeinschaftszeit damals in Berlin hatte sie ihn nicht mehr gesehen. Aber längst war sie sich sicher, es ist Lino. Beim Sprechen seine Gesten, unverkennbar er; und wie er sich räuspert manchmal, wenn er nach dem richtigen Wort, nach der passenden Formulierung sucht, und wie bedacht er dann setzt, was zu sagen ihm wichtig ist; vor allem aber seine Stimme! Wie er von den Menschen dort schwärmte, von der Gastfreundschaft, von ihren Traditionen, ihrer Kultur, ihrer Musik, ihrem Stolz auch, ihrem Witz, ihrer Klugheit, ihrem ungebrochenen Selbstbehauptungswillen, ihrer Gabe zum Improvisieren und so weiter.

Dass ausgerechnet Armenien sie eines Tages wieder zusammenführen würde!

Damals in ihrer WG-Zeit hörte Lino nicht die Beatles wie alle, auch nicht die Rolling Stones, sondern, neben Jazz, vor allem Mussorgsky, Stravinsky, Prokofiev, Bartók, Kodály, Schostakowitsch, auch Chatschaturian, und die Volksmusiken vom Balkan. Später sei er über die gregorianischen zu den armenischen Gesängen gelangt, die für ihn, wie er sagt, die große Offenbarung waren.

Gleich nach der Wende ist er hingefahren und: sofort habe er sich in das Land verliebt – ja, »verliebt«, so sagte er. Mehrmals sei er hin und habe bald auch Leute kennengelernt, denen er so vertraute, dass er sich zu engagieren begann für das Land und Investitionen tätigte; was vielen seiner Freunde und Bekannten in Deutschland mehr als riskant erschien. In jener postsowjetischen Zeit, als die Verteilungskämpfe tobten, hätte es durchaus auch schiefgehen können, das sah auch Lino so; aber er habe großes Glück gehabt. Sein fast spitzbübisches Lächeln, wenn er davon sprach, noch immer erstaunt, dass er im richtigen Moment am richtigen Ort die richtigen Menschen traf. Fast wie Maria zum Kinde kam, so sei er, der von allem Business unbeleckte ordentliche Professor für Osteuropäische Geschichte, Teilhaber eines inzwischen sehr erfolgreichen Unternehmens geworden.

Mit dem armenischen Volk und seiner Geschichte in Berührung gekommen sei er aber schon sehr viel früher, schon als Student und erst recht als wissenschaftlicher Assistent, als er sich auf die Spuren der Deutschen im Osten und Südosten Europas während der NS-Zeit machte – woher sein Vater nach dem Krieg so verstört zurückkam, dass er nicht mehr sprach. Lino sagte, bei diesen Recherchen sei er unweigerlich auch ins 19. Jahrhundert gelangt, als zwischen deutschem Kaiser und Osmanischem Reich enge Verbindungen geknüpft wurden; militärische und wirtschaftliche, die bis zum Ende des Ersten Weltkriegs währten. Erschüttert habe ihn dabei, wie stark Kaiserdeutschland beteiligt war am Völkermord an den Armeniern – eine historisch belegte

Tatsache, so sagte er, die bis heute kaum existiert im Bewusstsein Deutschlands, oder eben nur bei sehr wenigen, speziell Interessierten. Heute würde noch immer damit umgegangen, als ob allein die Türken diese Verbrechen begangen hätten, und als ob nur sie sich zu dieser Schuld bekennen müssten

Linos ungebrochene Empörung, wenn er davon sprach –

Was damals in den östlichen Provinzen des Osmanischen Reiches vor sich ging, Lino sagte, niemand wusste es besser als die deutschen Militärs. Sie, die Verbündeten des Sultans, waren überall präsent, im ganzen Osmanischen Reich, in jedem kleinsten Städtchen; sie waren auf Führungs- und Beratungsebene integriert in die osmanische Armee. Und beteiligt an den massenhaften Deportationen der armenischen Bevölkerung waren sie, indem sie diese logistisch unterstützten, und sie, der osmanischen Terminologie folgend, als »kriegsbedingte Umsiedlung der Bevölkerung aus den umkämpften Grenzregionen« deklarierten. Vielleicht sogar ist dieser Terminus, der doch sehr deutsch klingt, von ihnen geprägt, sagte Lino. Zudem haben sie in Deutschland die Berichterstattung über all diese unvorstellbaren Gräuel unterdrückt mittels massiver, sogenannt kriegsbedingter Zensur, und es mit »Nichteinmischung in die inneren Angelegenheiten der Verbündeten« legitimiert.

Linos Entrüstung galt vor allem Deutschland. Denn viele der damals in der Türkei aktiven deutschen Offiziere seien weiterhin tätig gewesen während der NS-Zeit, und ihre Erfahrungen dort könnten durchaus auch als Vorübung für die Ermordung der Juden Europas interpretiert werden.

Dies sei, sagte er, der Antrieb für ihn als Historiker gewesen bei seiner langen und intensiven Forschungsarbeit. Zu Armenien selbst habe er den emotionalen Zugang nicht über die Historie gefunden, sondern eben über die armenische Musik, vor allem die Gesänge.

Ursina schaut hinaus in den Garten – wie früh schon es dunkel wird! Bald ist Tag-und-Nacht-Gleiche. Sie zündet eine Kerze an, gießt Tee ein.

Mitte der 60er Jahre hatten sie und Lino mit Armenien noch nichts zu tun. Und auch miteinander wenig mehr als mit den anderen ihrer Kreuzberger WG an der Mariannenstraße, die damals ja noch an der Mauer endete. Gemeinsam wurde gekocht und gekifft und vor allem eben endlos diskutiert über ultimative antikapitalistische, antifaschistische, sozialistische, kommunistische Gesellschaftsmodelle; selbst wenn es um die Bewältigung des WG-Alltags ging, Abwaschen, Putzen, Müllrausbringen, musste grundsätzlich darüber diskutiert werden.

All das wortreiche Sich-Plustern und -Spreizen!

Ja, irgendwann dann hatte sie es satt, schmiss das Studium, zog aus der WG aus, und war, als der Kampf auf die Straße getragen wurde und sich nach dem Tod von Benno Ohnesorg zu radikalisieren begann, aus Deutschland längst verschwunden.

Auch Lino hielt sich aus dem irrwitzigen Polit-Getöse ziemlich raus. Gesellschaftliche Veränderungen sind, darin waren sie sich damals schon einig, nur möglich über die Bewusstseinsveränderung der Einzelnen. Wie sie zu erreichen wäre, welche Wege dahin führen könnten, ließen sie offen. Aber die Frage, die immerhin hatte sie schon damals verbunden.

Dass sie auch zusammen im Bett waren – es ergab sich mehr oder weniger zufällig. Nach einer missglückten Affäre mit einem Japaner tröstete sie sich mit Lino, und für Lino, den eine erste große Liebe gerade eben verlassen hatte, war es wohl ähnlich. Sie mochten sich, konnten gut miteinander, auch im Bett, das ja; aber es gab keine Verbindlichkeit, keine Absprache, als Paar sahen sie sich nicht, und von einer gemeinsamen Zukunft war nie die Rede. Sie selbst hätte es durchaus gewollt damals, allerdings ohne es sich einzugestehen. Immerhin: sie hatte Lino herauszufordern versucht, damit er endlich Stellung beziehe – was er nicht tat; so wenig wie heute –, indem sie sich gleichzeitig mit seinem besten Freund einließ.

Irgendwann, sie war längst in Kopenhagen, hörte sie noch, Lino sei nach Moskau gegangen, um dort weiterzustudieren. Danach verloren sie sich ganz aus den Augen.

Was sie nicht wusste: dass Lino eines Nachts, noch von Berlin aus, sich auf den Weg gemacht hatte zu ihr nach Kopenhagen, unterwegs aber auf vereister Straße hinter

Travemünde ins Schleudern geriet, sich überschlug und eine Böschung hinabschlidderte, und nur dank eines Gebüschs nicht in den Kanal abrutschte, sondern mitsamt Auto hängen blieb.

Nein, von diesem Unfall hatte sie nichts gewusst.

Doch, er habe es ihr geschrieben damals; sie hätte aber nicht reagiert darauf.

Jetzt, nach mehr als vierzig Jahren, hat es sie wieder eingeholt!

Eines Morgens – sie lagen beieinander, staunend, wie vertraut sie sich immer noch sind, wie sehr auch ihre Körper sich noch kennen und, ja, auch mögen oder eben gut können miteinander –, Lino sagte: Diese unglaubliche Süße des Zusammenseins! Und nach kurzer Pause: Aber, trotz aller Süße ist auch ein Tropfen Bitternis darin.

Und was wäre die Bitternis?

Zärtlich schaute er sie an, zögerte, sagte schließlich: Der kleine Wermutstropfen – der bist du!

Ja, ihre alte Schuld –

Fraglos hatte sie damals sein Angebot angenommen, dass er sie nach dem Eingriff in jener Praxis abhole, wo sie das Kind hatte abtreiben lassen, das nicht von ihm war, sondern von seinem Freund. Er holte sie ab mit dem Taxi, half ihr beim Ein- und beim Aussteigen, dann die Treppen hoch in den vierten Stock und ins Bett, er deckte sie zu, und am Abend brachte er ihr jenen silbernen Armreif, den sie noch trug, als sie längst nichts mehr voneinander wussten.

Eine Schuld, die sie nicht rückgängig machen kann.

Dass sie in den ersten Jahren ihrer Ehe oft geträumt hatte von Lino, wenn sie in der Umarmung mit Arne lag, es macht die Schuld nicht wett; auch nicht, dass der Reif heute noch in der Schublade neben ihrem anderen Schmuck liegt.

Ursina spürt im Rücken die Wärme vom Ofen; sie schaut hinaus in den Garten: im Westen der Himmel, er glüht noch, aber unter den Obstbäumen breitet sich die Dämmerung schon aus; nur die hellen Äpfel oben in der Krone sind noch zu sehen, wie Lampions.

Wie Bruder und Schwester und Cousin und Cousine und alte und neue Geliebte in einem, so flogen sie aufeinander zu, so selbstverständlich, so fraglos, so nah, so vertraut, nach so langer Zeit! Plötzlich schien möglich, was früher nicht möglich war; als ob es gar nicht anders sein könnte; als ob sie noch einmal eine Chance hätten, jetzt, in ihrem Alter.

Ihr war, als ob sie mit ihm das Leben selbst umarme, die Zeit im Raum, als ob Zeit und Raum zusammenfielen in der Umarmung mit ihm.

Einmal sagte Lino mit seinem wunderbar verschmitzten Lächeln: Und ich fühle mich ein bisschen wie Pierre, der schwerfällige, umständliche, langsame Pierre, der, als er Natascha nach Jahren wiedersieht, gewahr wird, dass er sie immer geliebt hat.

Und als sie in *Krieg und Frieden* diese Passage endlich

fanden, waren sie überrascht, wie weit hinten im Roman sie ist – dabei fangen Pierre und Natascha doch grade erst an, ihre Liebe zu leben!

Ursina dreht sich zum Ofen: die Holzscheite, vom Feuer fast ganz verzehrt, liegen rotglühend noch in ihrer Form; gleich werden sie zerfallen. Sie steht auf, legt ein Scheit nach, drosselt die Luftzufuhr, geht zurück an den Tisch, gießt noch einmal Tee ein, setzt die Tasse an die Lippen – zu heiß noch.

Die gegenseitigen Besuche. Die endlosen Spaziergänge, wenn Lino an den Wochenenden zu ihr nach Oderhöhe rauskam.

Spaziergänge der Oder entlang, der große helle Himmel darüber, sich spiegelnd auf dem träge dahinziehenden, majestätischen Strom. Spaziergänge in weiter, sanft gewellter Wiesenlandschaft, vorbei an hellen klaren Seen, oder im Wald zu Seen mit moorig dunklem Wasser.

Und an den Wegrändern die Brombeeren! Gegenseitig stopften sie sie sich handvoll in den Mund und küssten sich dann, so dass ihnen der Saft blutrot über Lippen und Kinn lief und sie sich gegenseitig ihre verschmierten Münder und Wangen und das Kinn ableckten.

Vampire, altgewordene Vampire, die wieder Blut geleckt haben und spüren, dass sie noch immer sehr durstig sind!

Und im Herbst dann die Büsche voller Hagebutten!

Vom ersten gemeinsamen Spaziergang zurück, stellte sie überrascht fest, dass Linos Auto nicht rot ist, sondern schlicht dunkelblau – wie hatten sie gelacht! Nicht feuerwehrrot, nicht tomatenrot, sondern sattes hagebuttenrot, war sie sich so sicher gewesen.

Ja, Hagebuttenrot wäre nicht schlecht, noch besser wäre aber Korallenrot, sagte Lino; und las ihr abends in der Küche, während sie ein Essen bereitete, die Geschichte vom Korallenhändler Nissen Piczenik vor; eine der Erzählungen von Joseph Roth, die er ihr mitgebracht hatte.

Joseph Roth ist einer meiner Liebsten, sagte er, ein wahrer Meister! Wie er von jener untergegangenen Welt so zu erzählen vermag, dass sie mit all ihren Farben, Klängen und Gerüchen wiederaufersteht, mit all der Wehmut darin und der unermesslichen Sehnsucht.

Die Sehnsucht des Korallenhändlers nach dem Meer, das er sich voller Wunder und Geheimnisse träumt, ohne es je gesehen zu haben; das ihm, als er endlich doch hinkommt, seinen Tod schenkt – eine Geschichte, die viel auch von Lino erzählt; von seiner eigenen Sehnsucht nach Weite, nach Aufbruch, nach einer neuen Welt voller Wunder, nach Auflösung und Einssein in ihr.

Als Lino zu Ende gelesen hatte, holte sie die Korallenkette, die sie, lang ist es her, von ihrer Patin zur Konfirmation erhalten und seit Jahren nicht mehr getragen hatte, und legte sie sich um, wünschend, dass ihr Hals, wenn er auch nicht mehr jung ist, die Korallen doch wieder zum Blühen bringt, so wie es, laut Korallenhändler Nissen Piczenik, an den Hälsen glücklich liebender Frauen geschieht.

Bereits in der kommenden Nacht riss die Kette; aber das lag am alten, brüchig gewordenen Seidenband, darin waren sie sich einig, als sie am Morgen die verstreuten Korallenperlen unterm Bett einsammelten.

Noch hat sie die Kette nicht zum Neuauffädeln weggebracht.

Aber dass Lino von jener anfänglichen Zeit des rauschhaften Sich-Wiederfindens heute sagt, er sei nicht ganz bei Trost gewesen, wie außer sich, in einem manischen Zustand!

Ja, so sagte er, »manisch«.

Er sagte es bei ihrem letzten Treffen in Berlin, als sie ihn bat, ihr noch einmal den Grund zu nennen, warum er sie auf seiner Armenien-Reise nicht mit dabeihaben wolle oder könne; noch immer habe sie nicht wirklich verstanden, was ihn bewog, sie tatsächlich wieder auszuladen.

Wie lange hat sie gebraucht, um es wahrzuhaben!

Aber versteht sie es?

Im frühen Frühjahr, sie befreite im Garten die Päonien vom Winterschutz und hob die trockenen Zweige und Blätter vorsichtig ab, um nachzusehen, ob sie die Kälte überlebt hätten, und sah, dass bereits erste, rötliche Triebe sich zeigten, da plötzlich war ihr, dass Lino hinter ihr stehe und sie schlage. Fast leibhaftig spürte sie es und hörte ihn sagen: Für alles, was Frauen mir je angetan haben –

Der irre Schreck dann: Derartiges also gebiert dein Hirn!

Mein Hirn? Wer gebiert hier was?

Lino war sehr weit weg damals. Zusammen mit Hagop, seinem armenischen Kompagnon, war er in Teheran; um mit den Mullahs ins Geschäft zu kommen und den Absatzmarkt für ihr Mineralwasser auszuweiten in den Iran – was ihnen nicht gelungen ist, weil sie nicht bereit waren, erst einmal ein paar Tausender über den Tisch zu schieben, damit überhaupt verhandelt wird.

Ursina schaut hinüber zur Küchenzeile: noch steht sie dort auf dem Bord, die grüne Plastikflasche mit dem gelblichen Etikett, darauf goldbraun und weinrot in schön geschwungener armenischer Schrift der Namenszug – Maral. Lino hatte ihr die Flasche mitgebracht, als er sie zum ersten Mal besuchte.

Das originale, leicht säuerliche Wasser hat sie längst ausgetrunken, aber den Sommer über die Flasche immer wieder mit dem hiesigen uckermärkischen Wasser gefüllt, und mit jedem ersten Schluck auf Lino und sein armenisches Wasser getrunken.

Wie begeistert er von der urtümlichen Schönheit jener Landschaft im Nordosten Armeniens erzählte; von den Bergen und Tälern hinter Dilican, von fast unberührten Buchen- und Platanenwäldern; und von der Quelle, die direkt aus dem Fels heraussprudelt –

Unsere Quelle!, so sagte er. Sie war schon in der Antike bekannt, es gibt Zeugnisse von den Römern, die sie als gesundheitsförderlich für den Verdauungstrakt lobten, insbesondere bei chronischen Darmerkrankungen und Entzündungen der Gallenblase. Gefasst und in Flaschen abgefüllt wurde das Wasser aber erst in den 1950er Jahren, in sowjetischer Zeit. Die Anlage, damals ein Staatsbetrieb, musste, da heutigen Hygienestandards nicht mehr entsprechend, nach dem Mauerfall stillgelegt werden. Aber Mitte der 90er Jahre sei gelungen, sie neu in Betrieb zu nehmen; dank kapitalträchtiger Investoren aus Deutschland und der Schweiz hätten sie eine topmoderne Abfüllanlage installieren können, so dass seit 1997 das Wasser nun wieder auf dem Markt ist; heute unter dem schönen Namen *Maral*.

In Armenien, sagte Lino, sei das Wasser in den grünen Flaschen sehr gefragt, und auch in den Nachbarländern würde es inzwischen gut verkauft, so dass sie Chancen hätten, die Marktführer in der Region zu werden; jedenfalls in Georgien seien sie dabei, deren eigene Wässer stark zu bedrängen.

Um die Wasserqualität zu erhalten, seine Lebendigkeit und Reinheit und auch die reichliche Menge, hätten sie ringsum viele Hektar Wald gepachtet, wo sie Forstwirtschaft nachhaltig betreiben. Das bekomme natürlich nicht nur dem Wasser, sondern auch dem Wald, da es ihn bewahre vor dem, wie heute üblicherweise Forstwirtschaft betrieben wird, Raubbau und Kahlschlag nicht unähnlich, von den gigantischen Holz-Konzernen; besonders von den Chinesen, die massiv auf den Holzmarkt drängten, vor allem eben in den sogenannten Drittweltländern und den ehemaligen Sowjet-Staaten, die so dringend Devisen brauchen.

Neulich sagte er allerdings, dass schwierig werde, das Holz abzusetzen, da sie nicht mithalten könnten mit den Preisen der Giganten.

Ursina steht auf, nimmt die grüne Flasche vom Bord – die wunderschöne armenische Schrift! »Maral« sei der Hirsch auf Armenisch, sagte Lino.

Und von einem landwirtschaftlichen Betrieb in der Ararat-Ebene erzählte er, auf dem sie Aprikosen und Pfirsiche anbauen, dass sie mit den Wasservorräten, die im Süden des Landes knapp seien, schonsam umgingen, keine Dauerberieselung also. Die Früchte würden dort direkt vor Ort verarbeitet zu Säften, die in der Region gut angenommen werden; und inzwischen auch bei den Bio-Großmärkten in Westeuropa zu haben sind, besonders in Deutschland und der Schweiz.

Ja, sie hatte diese Produkte in den Listen der Großhändler gesehen, sich aber nicht entschließen können; zu viel Exotik ist bei ihr, in ihrem Konsum nicht angesagt; Regionales hat Priorität, Schlehensäfte aus der Uckermark, Sanddornprodukte aus Mecklenburg, aus Märkisch-Oderland die Fleisch- und Milchprodukte.

Und von der armenischen Hochebene sagte er, dass die karge, steppenartige Vegetation nur extensive Viehwirtschaft zulässt, das heißt, die Tiere haben sehr viel

Auslauf; was sich, auch geschmacklich, in der Qualität der Produkte niederschlägt.

Die luftgetrockneten Würste und Schinken und die würzigen, gut durchgereiften Käse, die könnten sich durchaus messen lassen mit denen, die in den österreichischen und Schweizer Alpen hergestellt werden. Vergiss nicht, neunzig Prozent des Landes liegen höher als tausend Meter über dem Meeresspiegel! Und neuerdings haben wir auch einen Imker, der mit uns zusammenarbeitet; er betreut die mehr als hundert Bienenvölker und lässt sie, je nach Saison, an verschiedenen Orten des Landes »weiden«.

Lino, der stolze Armenier! Stolz auf »sein« Land, »seine« Leute, wie sie leben, und lieben und feiern und singen, und auch wie sie trauern – all die herrlichen Klagegesänge und Lobeshymnen so voller Sehnsucht und Schmerz.

Wie sehr Lino das Land liebt! Wie sehr es seines geworden ist!

Sein Land, in das er sie nicht mitnimmt – nicht mitnehmen kann, wie er sagt.

Ursina steht, die leere *Maral*-Flasche noch in ihrer Hand – wie gerne hätte sie das alles gesehen, das Land, die Leute, all die Initiativen, die Lino nun auf der Reise zeigen wird.

Noch von Teheran aus schrieb er per SMS, dass er, auf dem Hotelbett liegend, sich vorstelle, wie es sein werde, wenn sie zusammen reisen, ob auch sie es sich noch immer vorstellen könne.

Und bereits kurz nach seiner Rückkehr aus dem Iran: Er sei nicht mehr sicher, ob er sie auf seiner Armenien-Geburtstagsreise wirklich dabeihaben könne. Er sehe nicht, wie er es schaffen solle, alles unter einen Hut zu bringen; seine sehr verschiedenen Freunde, die sich untereinander nicht oder kaum kennen, dazu alle ihre Partner und Partnerinnen, und seine Tochter und sein Sohn, zu denen er ja doch ein eher kompliziertes Verhältnis habe, und außerdem die armenischen Kompagnons, und dann auch noch sie, Ursina – er sehe nicht, wie er allen gerecht werden könne, wenn auch sie dabei sei.

Etwas muss dort in Teheran passiert sein.

Von da an war es anders zwischen ihnen; etwas hatte sich zwischen sie gestellt.

Als er zurück war aus dem Iran, sagte er, er überlege, sie wieder auszuladen; er sagte es so nebenbei, dass sie es überhört hatte. Drüber hinweggehört.

Nicht an sich herangelassen hat sie es, als er es zum ersten Mal sagte.

Jetzt, zurückschauend, sieht sie, wie sehr sie sich sträubte, diese Mitteilung aufzunehmen, wahrzunehmen, ernst zu nehmen; als ob sie nicht ernst gemeint sei. Und wie sie hoffte, als er sie wiederholte, dass, wenn sie ihn noch besser, noch zärtlicher, noch hingebungsvoller lieben würde, und sich noch mehr auf ihn einstellte, sich ganz seinen Wünschen fügte und seinen Vorstellungen unterwarf, dass er sich umbesinne. Und begann, ihn mit

Geschenken zu überhäufen. All die Chutneys und Marmeladen, die sie ihm aus Oderhöhe mitbrachte; mit der Brombeermarmelade fing es an; und Bücher und Musik; und die vielen Kunst-Karten, die sie ihm schrieb; dass sie ihn erfreuten, dachte sie sicher, da er sie sämtlich an die Wand neben seinem Arbeitsplatz pinnte; und schickte immer neue.

Eines Sommertages aber, als sie mit einem Korb voller Früchte und Gemüse bei ihm in Berlin ankam, seine Bemerkung: Den Korb, den willst du wohl wiederhaben.

Wenn er leer ist, ja.

Dann haben wir ja einen Grund, uns wiederzusehen!

Sie erschrak: Wegen des Korbes müssen wir uns nicht sehen. Wenn wir uns sehen, dann weil wir es wollen, aus keinem anderen Grund.

Worauf Lino beteuerte, er habe es als Scherz gemeint.

Ursina öffnet den Schrank unter dem Spülstein, lässt die grüne Flasche in den gelben Müllsack fallen.

Und die Rosen, die sie gekauft hatte, als Lino im Iran war, für jeden Tag, den er dort verbrachte, eine neue – was sonst konnte sie tun für ihn, während er in dem Land unterwegs war, das ihr ungeheuer ist wegen seines totalitären, missbräuchlichen Umgangs mit dem Islam. Sie nimmt die getrockneten Rosen vom Nagel, hält ihre Nase dran, ein Hauch von Duft hängt noch darin. Sie bricht das trockene Büschel mittig durch und wirft es in den Komposteimer, sammelt vom Boden die beim Brechen verstreuten Blätter auf, wirft sie hinterher.

Auch das gerippte dunkelblaue Frotté-Tuch – wenn immer im Schrank ihr Blick drauffällt, sieht sie Lino: wie er aus dem Bad kommt, das Tuch um die Hüften; sein schöner Leib, sein schöner alter Leib, den sie noch immer begehrt; seine Füße, die Beine, die weißbehaarte Brust, die Schultern, die nicht mehr muskulös sind wie einstmals in der Jugend, und sein Lächeln, wenn er das Tuch abnimmt, und sie ihm zuschaut beim Ankleiden –

Ja, auch das Tuch wird sie wegwerfen!

Ursina setzt sich zurück an den Tisch, trinkt vom kalt gewordenen Tee, gießt warmen dazu –

Eigentlich fing es schon im Winter an, in jener Nacht, als sie Lino bat, sie fest im Arm zu halten.

Am Abend der Anruf: Rena, ihre Tochter, sei im Bündnerland verunglückt, schwerer Ski-Unfall mit Kopfverletzung, sie liege in Chur im Kantonsspital auf der Intensivstation. Dieses verrückte Huhn von einer Tochter – allein mit den beiden kleinen Kindern nach Davos in die Skiferien zu fahren, vermutlich zu Andri, der ihr Geliebter war oder vielleicht noch immer ist.

Den ganzen Abend hatte sie telefoniert, wer in die Schweiz fahren könnte, um die Kinder zu übernehmen. Niemand war greifbar; Renas Ex-Mann, der doch schließlich Vater der Kinder ist, nicht auffindbar, ebenso wenig dessen Eltern, die, immerhin die anderen Großeltern, grad auf den Bahamas weilten. Also blieb nur sie, Ursina; was hieß: sie musste, um in die Schweiz zu fahren, für Vertretung sorgen im Laden und alles andere absagen. Ausgerechnet sie, die ein so schwieriges Verhältnis hat zur Tochter, die ihr noch immer die Schuld gibt für alles, was schiefgelaufen ist in ihrem Leben, aber die monatliche finanzielle Unterstützung für mehr als selbstverständlich hält; Wiedergutmachung sozusagen – weil sie ihr damals, als sie Arne verließ, den Vater nahm.

Plötzlich und heftig sprang die alte Verstrickung sie wieder an, neu aufgetischt durch die aktuelle Situation: Der Unfall war immerhin lebensbedrohlich. Und die beiden Kinderchen, untergebracht bei irgendwem dort in der Schweiz, bis sie abgeholt würden, und die Frage, was wird nun sein mit ihnen?

Von Linos Wohnung aus hatte sie die Reise organisiert; Flug nach Zürich am nächsten Morgen früh, von dort weiter nach Chur mit dem Zug, alles andere würde vor Ort zu regeln sein; dann endlich konnte sie sich Lino wieder zuwenden, und auch wieder über anderes als ihr Tochter-Drama sprechen. In der Nacht aber, aus dem Tiefschlaf heraus, all das Ungelöste zwischen ihr und Rena, aufgemischt von Zorn und Wut, Verzweiflung und Ohnmacht. Sie drehte sich hin und her – bis schließlich Lino auch wach wurde: Was ist los mit dir?

Die Geschichte mit Rena treibt mich um, ich finde nicht in den Schlaf zurück, vielleicht hilft, wenn du mich in den Arm nimmst und fest hältst.

Die Geborgenheit in Linos Armen, die Wärme darin –

Aber schon bald ließ er sie wieder los, schlüpfte in seinen Kimono, ging ins Nebenzimmer: Da wir jetzt beide schlaflos sind, versuch ich es anders.

Er setzte sich auf den Teppich, wo er morgens seine Yogaübungen macht: Wenn du magst, setz dich dazu!

In Meditationshaltung, die Augen geschlossen, saß er lange stumm da, und begann schließlich zu summen, ein lang anhaltendes Om, mehrmals hintereinander, anfangs sehr leise, langsam lauter werdend; dazwischen sein tiefes Atemholen –

Linos Fähigkeit, sich von Unlösbarem nicht überwältigen zu lassen, sondern es als solches anzuerkennen, beeindruckte sie damals sehr; meditierend-singend es zurückzuführen in den großen, ganzen Zusammenhang, der, so Lino, undurchschaubar und unbegreiflich ist und bleibt, wahrnehmbar allenfalls als Maya, aufscheinend in Zeit und Raum.

Ursina geht zum Ofen, setzt sich auf den Hocker davor, schaut ins prasselnde Feuer –

Linos Verstummen mehr und mehr.

Ein fatales Erbe, sich in Stummheit zurückzuziehen, vom Vater übernommen. Der Vater habe, als er aus Krieg und achtjähriger russischer Gefangenschaft zurückkehrte, nicht mehr gesprochen. Kein Wort über den Krieg, kein Wort übers Lager. Nur dass er im Osten an der Front war, in Weißrussland und in der Ukraine, das wussten wir, sonst nichts. Seinen Vater habe er nur als Verstummten gekannt, sagte er.

Als junger Anwalt, so die Familienlegende, sei er je länger je weniger klargekommen mit der nationalsozialistischen Rechtsprechung, und kurz nach Kriegsbeginn habe er seine Kanzlei geschlossen und sich freiwillig an die Front gemeldet.

Aber bevor er ging, zeugte er noch ein Kind – Lino.

Lino sagte, ein paar Mal muss er wohl doch auf Heimaturlaub gewesen sein, immerhin gab es ein weiteres Kind, meine Schwester. In der Erinnerung sehe ich, sehr undeutlich nur, einen Mann in Uniform, der mich hochnimmt und um sich herumwirbelt, und dazu höre ich die Mutter, die ein seltsam fremdes Lachen lacht und sagt: Aber Lino, mein Kleiner, das ist doch dein Vater!

Irgendwann dann ist ein Schwesterchen da gewesen, im Frühjahr oder im Frühsommer 1943 muss es gewesen sein. Aber kaum ein paar Wochen oder Monate alt, ist es gestorben; erstickt im Bunker, in den Armen der Mutter, in einer jener furchtbaren Juli-Nächte, als Hamburg in Schutt und Asche gebombt wurde.

Immer bei Alarm, wenn wir in den Bunker liefen, hat die Mutter das Schwesterchen in ein Kopfkissen gelegt und es an ihre Brust gedrückt; und ich lief hinter der Mutter her, mich an ihrem Rockzipfel festhaltend; und nach dem Angriff wieder raus an die Luft und wieder rein, wenn neuer Alarm war.

Das Dröhnen der Bomber – noch heute sitzt es Lino in den Knochen.

Einmal nachts hatte ein vorbeifahrender Schwertransporter das ganze Haus erzittern lassen, so dass sogar die Fensterscheiben vibrierten – Lino war aus dem Schlaf hochgeschreckt, schweißgebadet.

Im Gegensatz zu ihm hat sie vom Krieg nichts mitbekommen. Ihre ersten beiden Lebensjahre auf der Schwäbischen Alp waren vergleichsweise harmlos; und danach, in den sogenannten schlechten Jahren, herrschte auf dem Bauernhof der Großeltern mütterlicherseits kein Hunger. Auch von der Besatzung war für sie als kleines Kind wenig spürbar.

Lino erzählte, einmal auf dem Weg zum Bunker habe er die Mutter verloren, irgendwie wohl ihren Rockzipfel losgelassen und den Anschluss verpasst; aber dann das Wunder: In einem Vorgarten stand eine blitzneue Kinderschubkarre! Sie stand dort, einfach so, und weit und breit niemand, die Straßen menschenleer. Wie aus dem Traum gefallen, so wunderschön, mit echtem Gummireifen auf roter Felge, das Gestänge blau und schwarzlackiert die Lademulde. Da bin ich einfach in den Vorgarten hineinspaziert, habe mir das schöne Ding geschnappt und, während das Jaulen der Flugzeuge bereits zu hören gewesen sein muss und das Einschlagen der Bomben irgendwo in einem benachbarten Stadtbezirk, mutterseelenallein bin ich dann unter Bäumen durch die Straßen marschiert; mit der wunderschönen Schubkarre weiter und immer weiter; als ob ich in einer Glückshaut steckte; und zum ersten Mal in meinem Leben habe ich erfahren: die Welt ist unendlich groß, und sie geht immer weiter.

Irgendjemand hat mich dann wohl gefunden nach dem Angriff und zurückgebracht zur Mutter, die natürlich völlig aufgelöst war und mich gründlich ausschimpfte;

was ich in meinem Kinderschubkarrenglück überhaupt nicht verstand.

Diese Episode mit der Schubkarre, sagte er, sei später, nach dem Krieg, wenn von der Bombardierung Hamburgs die Rede war, als ach so niedliche Familienanekdote wieder und wieder erzählt worden; was er immer als Verrat empfunden habe, als Missbrauch.

Von der Schwester hingegen wurde nie gesprochen, ihr Tod im Bunker wurde nie erwähnt, nie – als ob sie nie gelebt hätte.

Aber das Bild: Die Mutter, wie sie im Bunker das Kissen, in dem das Schwesterchen liegt, immer mal öffnet und hineinlächelt und es wieder zudeckt, um es vor den Erschütterungen der Bombeneinschläge zu schützen und vor dem hereindringenden Rauch, der manchmal so dicht war, dass die eng beieinander Sitzenden sich kaum noch sehen konnten; nur ihr Husten war zu hören und selten mal unterdrücktes Weinen eines Kindes, das sofort zurechtgewiesen wurde.

Einmal dann, als die Hitze und der Qualm von den Bränden in den Straßen über ihnen unerträglich wurden, da muss es geschehen sein. Wann genau es war, weiß ich nicht. Jedenfalls trug die Mutter irgendwann kein Schwester-Bündel mehr mit in den Bunker.

Nein, nach ihr zu fragen war nicht möglich; ein fraglos respektiertes Tabu.

Die Evakuierung dann, als sie ausgebombt waren, die Notunterkünfte – einmal hätten sie auch in Zelten gehaust, außerhalb von Hamburg in einem Wald zwischen den Fronten; und später, nach dem Krieg, für viele Jahre im Behelfsheim, sogar noch, als der Vater aus der Gefangenschaft zurückkam.

Dass Lino als angehender Historiker sich zunehmend für jene Weltregion interessierte, von Schlesien über Böhmen hinab ans Schwarze Meer, von der Krim ums Asowsche Meer bis zur Don-Mündung und hinüber zur Wolga, über den Nördlichen und den Südlichen Kaukasus bis an die Grenzen Persiens, Lino sagte, dass er sich auf diese Region kaprizierte, sei natürlich kein Zufall. Aber damals als Student sei ihm nicht bewusst gewesen, wie sehr er sich damit auf den Lebensspuren seines verstummten Vaters bewegte.

Ursina legt noch ein Holzscheit aufs Feuer, geht zurück zum Tisch. Die Kerzenflamme spiegelt sich im Fenster, hüpft und tanzt doppelt.

Zu Beginn ihrer neuen alten Liebe – wie viel hatte Lino erzählt! Aber »Liebe«, das große Wort, nahm er nie in den Mund. Nur wenn er von Kollegen sprach, oder von seinen Doktoranden; oder eben von Armenien. Und wenn sie ihn in ihren Mails manchmal mit »Liebster Freund« ansprach und fragte, ob sie ihn so nennen dürfe: nie hat er geantwortet. Erst als es zu spät war.

Was für ein kapitales Missverständnis!

Sie war sehr sicher gewesen, dass sie sich nicht noch einmal auf einen Mann so sehr einlassen würde. Zwei Ehen und mehrere Beziehungen hatte sie in den Sand gesetzt.

Das reichte. Sie wollte nicht mehr. Aber dann war Lino wieder aufgetaucht, und sie tat es doch – und nannte ihn »Liebe meines Lebens«. Du bist mir, sagte sie, die Herausforderung meines Lebens, nicht wieder, wenn es eng wird, auszuscheren, so wie ich es immer tat, sondern zu erfahren, was vielleicht sonst noch möglich ist, jenseits der altbekannten Pfade –

Lino hatte gelacht, das sei eine gute Voraussetzung.

Neuland!

Dass es gelingen könnte, glaubte sie.

Die komplizierte Sicherheitsschließung an Linos Wohnungstür –

Als sie zum ersten Mal bei ihm war, erklärte er ihr die drei Schlösser, die mit unterschiedlichen Schlüsseln zu bedienen sind, oben zuerst, dann unten, dann Mitte – oder war's umgekehrt?

Warum sie das eigentlich wissen müsse.

Für den Fall, dass du nachts abhauen willst.

Trägt sie ein Mal auf ihrer Stirn?

Damals hatten sie gelacht.

Ursina spürt, Tränen schießen ihr in die Augen; sie wischt sie weg und trinkt einen Schluck vom inzwischen kalt gewordenen Tee; im Ofen prasselt das Feuer.

Ich gebe mich ganz in deine Hand –

Auf jenem Spaziergang entlang der Alten Oder war's, als sie, plötzlich unsicher, welcher Weg der richtige sei, sagte: Jetzt weiß ich nicht weiter; jetzt muss ich mal genau überlegen.

Worauf Lino, sein wunderbares Lächeln lächelnd, sagte: Ich gebe mich ganz in deine Hand.

So viel Vertrauen! In diesem einen Satz.

Womit hat sie es verscherzt?

Am nächsten Tag auf der Fähre nach Polen, nebeneinanderstehend schauten sie über die im zarten Septemberlicht schimmernde Wasserfläche, zum waldigen Ufer hinüber, Lino legte seine Hand auf ihren Rücken, strich der Wirbelsäule entlang hinauf und wieder hinab:

Dein Rücken ist aber sehr stark!

Klar, ich bin stark, vom Schleppen der Kisten und Kästen im Laden, kein Wunder, und von der Gartenarbeit.

Eine erste Ahnung, was diese Bemerkung wirklich bedeutete, beschlich sie, als Lino von einer Moldawierin erzählte: Die muss wohl Kampfsport trainiert haben, so stark war sie. Einmal hat sie mich mit ihren Armen so heftig umarmt, dass ich sogar Sternchen gesehen habe; da ging bei mir ein Feuerwerk los mit sehr gefährlichem Funkenflug. Diese Frau hat sich gewaltsam in mein Leben gedrängt; sogar in meiner eigenen Wohnung hat sie versucht, mich zu einer »vernünftigen« Ordnung zu zwingen, der einzig möglichen, wie sie meinte; worauf ich sie rausgeschmissen habe.

In Linos Arbeitszimmer die Papierstapel, nebeneinander auf dem Fußboden liegend, nach unterschiedlichen Belangen sortiert – all das müsse er nach und nach abarbeiten.

Ob sie ihm dabei helfen könne, fragte sie, obwohl ihr

bereits damals klar war: Dabei kann sie ihm unmöglich helfen. Der Druck, mit dem das Unerledigte, das Nichtbewältigte auf ihm lastet, wird gebraucht – als Schutz.

Wie oft schrieb er in seinen Mails, er habe wahnsinnig viel zu tun, müsse dies und das vorbereiten, sei grad auf dem Sprung zu einem sehr wichtigen Termin, zu einer Konferenz, einer Besprechung, einer Tagung, so dass kaum noch Zeit bleibe zu schreiben. Einmal sogar: Das artet ja in einen Halbtagsjob aus, diese ganze Mailerei!

Dass sie für ihn zum Job wurde, zum Halbtagsjob, ja, es kränkte sie; sie schlug vor, das Mailen zu lassen, bis er wieder Luft habe; was er dankbar annahm. Aber schon nach einer Woche kam sein »Ausnahme-Mail«: Anlässlich seines Geburtstages, ein kleiner Gruß sei doch wohl erlaubt; und gleichzeitig die Klage über finstere Wolken, die ihn lähmten, und dass er zu gar nichts komme.

Sie puste von Nordosten, aus der uckermärkischen Provinz, gegen das finstere Gewölk über Berlin an, schrieb sie zurück; und versuchte, ihn aufzuheitern mit sprudelfröhlichem Geplauder und Vorschlägen, was alles sie unternehmen könnten, wenn der Himmel wieder heiter sei, ein Wochenende nach Schlesien zum Musikfestival, im kommenden Frühjahr eine Reise zum Ohrid-See.

Ja, das würde ihm alles sehr gefallen, wenn nur nicht all das andere wäre, was er doch auch müsse.

Und so weiter.

Und schließlich, wenn sie ihn fragte, ob sie sich sehen wollten, wenn sie wieder in Berlin sei: immer öfter stand unaufschiebbar Wichtiges an. Als ob das Osteuropäische Institut der FU zusammenbräche, wenn der kurz vor seiner Emeritierung stehende Herr Professor die Sitzung mal schwänzt oder auch nur früher verlässt!

So selten wie sie sich sähen, ob es nicht doch möglich sei, sie würde ihn über alles gerne sehen.

Die Antwort: Natürlich sehen wir uns, wenn du in Berlin bist!

Ob oder was er gerne wollte, sagte er je länger je weniger.

Einmal sogar: Hab ich denn nie die Chance zu eigener Initiative!?

Linos Verzweiflung war unüberhörbar.

Bestimme du, wann wir uns wiedersehen! Ich werde jetzt still sein und mich ganz deinen Wünschen fügen. So schrieb sie. Seine Antwort: Sei du nur du, nicht gefügig, das würde sich rächen!

Wieder saß sie in der Falle. In der immer gleichen. Und wieder hatte sie selbst sich hineinmanövriert.

Dass es so ist! Immer wieder. Dass sie den Ausweg immer nicht findet, den Weg hinaus ins Freie.

Die Ohnmacht dann. Und Wut, auf Lino, auf sich selbst, und dass sie noch immer auf die Illusion hereinfällt, Liebe zwischen Mann und Frau sei möglich.

Was nur macht sie falsch immer wieder?!

Das unbekannte Neuland jenseits der alt eingefahrenen Muster – hatten sie denn nicht genau dies angepeilt? Und dass sie lachen wollten, sollten sie doch wieder hineinstolpern in den alten Trott; das immerhin, sagten sie sich, müsste doch möglich sein, in ihrem Alter!

Ursina geht ins Zimmer nebenan, öffnet den PC, gibt »manisch« ein:

Manie (abgeleitet von Altgriechisch *mania* für Wut, Raserei und Wahnsinn) ist eine affektive Störung, die meist phasenweise verläuft. Typische Symptome unter anderen sind: starke Erregung und innere Getriebenheit, intensive, aber unbegründet gehobene, heitere Stimmung, auch Gereiztheit bzw. missmutige Umtriebigkeit, rastlose Aktivität und Unruhe; ferner mangelnde Sensibilität für die Bedürfnisse und Gefühle der Mitmenschen, hemmungsloses, unkritisches Verhalten, Weitschweifigkeit der Gedanken, und Logorrhoe; ins Maßlose gesteigertes Selbstbewusstsein, Realitätsverlust, Größenwahn bis hin zu Wahnvorstellungen und Halluzinationen.

Liebe als Wahn?

Ursina springt weiter, zu Pathogenese und Salutogenese, stößt auf Kohärenz und Resilienz, und schließlich: Eine der Voraussetzungen, um an die eigenen Ressourcen heranzukommen, sei »Verlassen der Opferrolle«.

In einem Gespräch vor nicht sehr langem einmal die Frage, was sie in ihrem Alter noch zu erreichen wünschten, sagte Lino, er wünsche sich, die Verantwortung fürs eigene Leben übernehmen zu können selbst dann, wenn er in die Situation gerate, Opfer zu sein.

Es klang ihr nach Selbstkasteiung, aber zu entgegnen wusste sie nichts.

Wäre wünschenswert, den Schmerz, die Ohnmacht tatenlos auszuhalten, bis sie verrinnt und vergeht und abfällt mit der Zeit?

Wo in diesem Kosmos ist die Idee und der Wille zur Veränderung, die Eigeninitiative, die Eigenverantwortung für Gelingen oder Misslingen? Und wo das Mitleid, die Reue, die Vergebung? Und die Liebe – wie denn sonst kommt Neues in die Welt?

Ursina lässt den PC herunterfahren, schaut aus dem Fenster: Nun ist auch im Westen der Himmel ganz erloschen. Sie geht zurück in die Küche, hockt sich wieder vor den Ofen, legt noch ein Holzscheit auf die Glut, wartet, bis eine erste Flamme hochspringt.

All ihre Aufbrüche – nichts als nur Fluchten?

Wegzug aus dem eingekesselten Stuttgart: Sie, die ehemalige Waldorf-Schülerin, die dem Wohle der Menschheit zu leben gedachte und Kindergärtnerin wurde, ja, Waldorf-Kindergärtnerin – damit sie, so sieht sie es heute, gebraucht würde in dieser Welt, geliebt, gewollt, nicht nur geduldet. Irgendwann dann kapierte sie, dass sie den Traum ihrer Mutter lebte, die im Waldorf-Dunstkreis Freude, Begeisterung und Liebe suchte und wohl auch fand, jenseits ihres Ehefrauen-Daseins, das von ihr vor allem verlangte, dem Mann den Rücken freizuhalten fürs Eigentliche: die Firma.

Vaters ewiger Spruch *Der Fisch beginnt am Kopf zu stinken* – die Firma der Fisch; und er, der Chef, mitsamt Frau und Kindern der Fischkopf.

Der Vater war sehr jung, das muss sie ihm zugutehalten, als er, nach dem plötzlichen Tod seines Vaters 1939 schon die Firma übernehmen musste; er hatte keine Wahl; und hat sich gefügt.

Viele Jahre noch stand er unter der Fuchtel seiner Mutter, die ein echter Dragoner war – so jedenfalls die Erinnerung an diese Großmutter –, aber er hat die Firma durch den Krieg manövriert, irgendwie, mit Öfen und Rohren, und was sonst an Kriegswichtigem zu produzieren war; jedenfalls wurde er nicht eingezogen, musste nicht an die Front. Und später, in den Wirtschaftswunder-Jahren gelang ihm, die Firma mit neuen Heizungssystemen zum respektablen mittelständischen Betrieb auszubauen. So dass heute der Name weit über die Region hinaus ein Begriff ist.

Aber diese Machermentalität – es gibt Unternehmer, und es gibt Unterlasser, so der Vater.

Immerhin, sie hatte Glück, als mögliche Nachfolgerin in der Firma kam sie nie in Frage. Ihrem Wegzug nach Berlin stand nichts im Weg.

Aber Gian, ihr älterer Bruder, hatte einen schweren Kampf auszufechten; den er gewann, indem er eines Tages auf und davon, nach Amsterdam verschwand. Den Kontakt mit der Familie brachte er auf null, meldete sich mehrere Jahre fast nicht, machte Musik auf der Straße, bis er irgendwann nach Argentinien ausgewandert ist. Dort studierte er, und fand schließlich an einer deutschen Schule in Buenos Aires als Musiklehrer Anstellung.

Maurus, ihr jüngerer Bruder, ist heute der Fischkopf, auch wenn er diesen dummen Spruch nicht mehr benützt, oder nur im Scherz. Seit mehr als zwanzig Jahren schon führt er die Firma. Ihm gelang, nach der Wende durch Zukäufe im Osten enorm zu erweitern. Aber: auch er ist vor allem mit der Firma verheiratet.

Sie selbst hatte das verquaste schwäbische Weltbild mit ihrem Soziologie-Studium zu sprengen versucht; endlich wollte sie die realen gesellschaftlichen Verhältnisse kennenlernen und nicht mehr nur aus dem unternehmerischen Blickwinkel in die Welt schauen. Und, ja, die Welt schien veränderbar – du musst es nur tun! Auch sich selbst zu verändern schien möglich.

Aber schon in Kopenhagen verfing sie sich wieder im Gestrüpp der eigenen Vorgaben. In einer Ehe, die keine Ehe war, keine Paarschaft, nur Aktionsgemeinschaft – nicht unähnlich ihrer eigenen Mutter, hielt sie Arne den Rücken frei fürs Wichtige, das Eigentliche, nur dass die Firma Flüchtlingshilfe war, legale und illegale –, auf dass die Welt besser und gerechter werde und so weiter. Arne, immer unterwegs, war zuständig für alles und jedes, Behördengänge, Übersetzungen, Urkundenbeschaffung; selbst die Aufenthaltsorte für die Illegalen konnte, schien es, nur er besorgen.

Wie lange hatte sie das alles mitgemacht!

Erst im Sommer 1983 schaffte sie den Absprung. Bei jenem deutsch-dänischen Grenzübertritt per Segelboot, der letzten gemeinsamen Aktion. Als Flüchtlinge aus dem Nord-Irak, die in Deutschland kurz vor der Abschiebung standen, an der Schlei abgeholt und nach Jütland gebracht werden mussten, wo andere sie übernähmen und per seetüchtigerem Boot hinüber nach Norwegen brächten; dort seien sie sicher, hieß es, dort könnten sie bleiben.

Zu dritt, Rena und Arne und sie, segelten sie von Lolland hinüber nach Missunde, jenem verschlafenen Nest an der Schlei, wo sich herausstellte: nicht drei Personen, wie angekündigt, warteten auf sie, sondern eine ganze Familie, Vater, Mutter, zwei Mädchen und ein kleiner Junge, der noch nicht einmal laufen konnte.

Statt per Zug zurückzufahren nach Kopenhagen, wie vereinbart mit Arne, da an Bord zu viele Menschen waren für den Trip nach Jütland, floh sie, mitsamt Töchterchen Rena, knapp fünf Jahre alt damals, Hals über Kopf nach Tunis, zu Aziz.

Ja, sie ist geflohen, in Aziz' Arme, an sein großes Herz, in den Schoß seiner riesigen Sippe. Aziz' unermessliche Liebe, seine Fürsorge, wie er sie, sein Ein und Alles, auf Händen trug; seine Liebe war fraglos. Liebe war Liebe. Beweisen musste sie nichts, nur ihn lieben, alles andere war zweitrangig. Und wie er Rena hofierte, und sich kümmerte, als sei sie seine eigene Tochter, und ihr die Aufnahme in die beste französisch-arabische Schule ermöglichte – so dass sie heute – was für eine Chance! – dreisprachig ist.

Sechs Jahre Glück in Tunis.

Trotzdem, auch wenn nichts dagegenstand, dass sie Deutsch-Kurse gab am Goethe-Institut, und sie natürlich auch sonst alle Freiheiten besaß: das familiäre und gesellschaftliche Leben als Frau an der Seite eines erfolgreichen Geschäftsmannes engte sie zunehmend ein. Zunehmend fehlte ihr die Luft zum freien Atmen.

Und wieder machte sie sich auf und davon, wieder mit Rena im Schlepptau – die, kaum waren sie in Hannover gelandet, zu ihrem Vater nach Kopenhagen zog; sich abwandte von ihr, der Mutter, und den Kontakt für viele Jahre verweigerte.

Für sie, zurück in Deutschland, war es ein weiterer Neubeginn. Anfangs in Hannover, wieder mit Unterricht für Nichtdeutschsprachige, später noch einmal in Berlin; und Mitte der 90er Jahre dann der Aufbruch in den Osten.

Ihre Liebe zu Märkisch-Oderland und zur Uckermark –

Das sanft gewellte Land, die Seen und Wälder, der hohe Himmel, die darüber hinziehenden Wolken wie Schiffe; und die Oder, mit all ihren Nebenarmen, Dämmen und Schleusen und Polderwiesen, die sandigen Ufer, und Weiden, die sich dem Fluss zuneigen – die Weite dieser Landschaft!

Und der Zufall dann, als sie, im Café hier in Oderhöhe sitzend, mitbekam, wie die Leute über die bevorstehende Konsum-Schließung sprachen; und Ideen entwickelten, wie möglich sein könnte, den Laden zu erhalten. Und schließlich, zwei Jahre später, die Gründung der Kultur- und Konsum-Genossenschaft. Und ihr Entschluss dann, den neuen Konsum zu ihrer Sache zu machen; was hieß, Berlin hinter sich zu lassen, und: noch einmal ein Neuanfang.

Nein, sie bereut es nicht.

Und weiterhin steht sie zum Konzept: regionaler wirtschaftlicher, sozialer und kultureller Zusammenschluss. Einbindung und Vernetzung der umliegenden Bio-Höfe und verschiedenster Neugründungen – die Imkerfamilie auf dem verlassenen Gehöft hinter Gerswalde, die beiden Schafzüchterinnen, die das wunderbare Lammfleisch liefern und Milch von den Mutterschafen und auch Frischkäse, und in Richtung Freienwalde die zwei Gärtnerinnen, die Heil- und Küchenkräuter anbauen, und jene Gruppe junger Leute, die schon seit sechs Jahren in der Nähe von Buckow zusammenleben und arbeiten, die in ihren Glashäusern frühes Gemüse ziehen, feineres als die Bauern auf den Feldern es können.

Und neuerdings auch Jonas, der begnadete Sozialpädagoge, zugezogen aus Münster – ihm gelingt tatsächlich, arbeitslose Jugendliche aus sozialen Randgruppen für Ernteeinsätze auf den Höfen zu motivieren, auf freiwilliger Basis. Was ihnen, neben einem angemessenen Taschengeld, die kostbare Erfahrung vermittelt: Mein Einsatz ist sinnvoll, meine Arbeit wird gebraucht und macht in der Gruppe sogar Spaß.

Und ihr eigenes vorrangiges Anliegen, ihr Herzensanliegen: im Konsum und im angrenzenden Café eine Atmosphäre zu schaffen, in der die Genossenschaftsidee leben kann.

Dass Menschen, die zum Einkaufen oder auch nur

zum Plaudern kommen, ins Gespräch finden können miteinander, Gespräche, die manchmal ganz unverhofft weiterführen, zu einer neuen Arbeit, einer neuen Partnerschaft, oder einer Erkenntnis, die neue Perspektiven eröffnet. Dass ein sozialer Ort entsteht, ein Ort der Begegnung, oder schlicht: ein ausgelagertes Wohnzimmer; in dem auch möglich ist, bei einer Tasse Kaffee nur Zeitung zu lesen, das regionale und das überregionale Blatt, die sie dort ausliegen hat.

Inzwischen kennt sie alle persönlich, die der Genossenschaft beigetreten sind, mit einigen ist sie befreundet.

Viele von ihnen, fast die Hälfte davon Kulturschaffende, sind erst nach der Wende zugezogen. Aber sehr viele hier im Ort kamen nach dem Krieg, als Flüchtlinge oder Vertriebene aus dem Osten; oder sie kamen als Umsiedler; aus Königsberg und Pommern; einige haben dreimal ihr ganzes Hab und Gut verloren, durch die Flucht, durch die Zwangskollektivierung, und nach der Wende, als sie, außer einem fünf Hektar kleinen Siedler-Land, nichts zurückbekamen, keinen Gegenwert für das damals ja zwangsweise in die LPGs abgelieferte Vieh.

Dass viele von ihnen dem neuen Genossenschaftsoptimismus gegenüber skeptisch sind, ist verständlich; auch ihr Misstrauen, manchmal sogar Missgunst oder Häme, wenn etwas schiefläuft.

Trotzdem, der Ort ist auch ihrer geworden, hier ist sie zu Hause.

Ursina schaut in die Glut – wie herrlich warm es jetzt ist in der Küche!

Aber dort in Armenien all die Initiativen und Projekte und Unternehmen, von denen Lino erzählt hat – wie gerne wäre sie mitgefahren und hätte das alles gesehen!

Mein ungeklärtes Verhältnis zu dir, das ist der Grund, sagte er, warum ich dich nicht mitnehmen kann.

Welcher Klärung hätte es bedurft?

War unklar, in welche der beiden Kategorien er sie stecken sollte, »verbindlich« oder »optional«?

Kollegen, Assistenten, Studenten, wissenschaftliche Mitarbeiter, sie alle zählt er zur ersten Kategorie. Auch die Leute vom Chor, und die Bergsteigerfreunde, mit denen er einmal im Jahr sich zum Wandern trifft; ebenso die Yogafrau, und natürlich seine Compagnons in Armenien, aber an erster Stelle stehen, sagte er, meine beiden Kinder. Ja, sie alle liebe ich, das kann ich so sagen.

Wie leicht und selbstverständlich ihm das Wort Liebe über die Lippen kommt, wenn er von ihnen erzählt.

Liebe als Verbindlichkeit –

Womit hat sie sie verspielt?

Wenn Lino am Telefon mit seiner Tochter spricht, oder auch mit dem Sohn: Immer erkundigt er sich ausführlich, hört aufmerksam zu, fragt weiter, macht Vorschläge, Angebote – und immer ist herauszuhören: er wirbt um sie, um ihre Liebe.

Und immer schien auch, so wie er um sie wirbt: Diese beiden längst erwachsenen Kinder können dem Vater noch immer nicht verzeihen, dass er vor zwanzig Jahren die Frau, die ihre Mutter ist, verließ; und mit ihr auch sie, seine Kinder.

In Lichterfelde einmal, unterwegs von der U-Bahnstation zu einem Abendessen bei Freunden, sie kamen an einer Einfamilienhäuser-Siedlung vorbei, Lino sagte: Damals, als Raissa und ich mit unseren noch sehr kleinen Kindern aus Moskau kamen, haben wir hier noch einmal versucht, als Familie zu leben. Seit zwanzig Jahren bin ich nicht mehr hier gewesen. Lass uns kurz rumgehen hier, bis zum Reihen-Endhaus.

Der Nussbaum vor dem Haus, schau, wie groß er ist! Den hab ich damals zusammen mit den Kindern gepflanzt.

Lino als Familienvater – sie versuchte ihn sich vorzustellen, während sie das Haus betrachtete und die Gärten ringsum; und als sie wieder zu ihm schaute, sah sie: In Linos Augen waren Tränen.

Was für ein Schwächling ich war! Ein kompletter Versager!

Du hast doch getan, was du konntest, das Beste, zu dem du damals fähig warst.

Aber die Scham ob all dem Versagen!

Lino so zu sehen, so ausgeliefert an seinen Schmerz –

Dass es nicht rückgängig zu machen ist, die Schuld nicht zu tilgen. Reue, die nichts nützt.

Sie wünschte, sie könnte ihm den Schmerz, wenn schon nicht abnehmen, so doch ihn mildern, erleichtern; und gleichzeitig spürte sie, jedes besänftigende

Wort von ihr, jede tröstende Geste, alles Begütigende würde er zurückweisen.

Ihn mit sich zu versöhnen war sie nicht die Richtige.

Diese Nähe lässt er nicht zu. Vielleicht zu niemand. Sicher jedenfalls zu keiner Frau.

Und falls doch Nähe entsteht zu einer Frau, oder sogar Vertrauen – dann weil er nicht ganz bei Trost ist, nicht bei sich oder eben in einem »manischen« Zustand.

Dass Lino sie nach Armenien mit einlud, geschah versehentlich. Versehentlich ist sie in die falsche Rubrik gelangt, in die Rubrik von Vertrauen und Verbindlichkeit.

Frauen als Optionen –

Und doch: Linos staunender Blick, als sie ihm erzählte, jene Nacht, in der sie sich zum ersten Mal in ihrer neuen alten Liebe umarmten, war gleichzeitig die Todesnacht des Mannes ihrer besten Freundin.

Fünfunddreißig Jahre waren die beiden verheiratet gewesen, mit allen Höhen und Tiefen, durch viele Krisen hindurch; aber das letzte Jahr, das ihr Mann noch zu leben hatte, sagte Caroline, diese letzte Zeit, in der sie beide sich ganz seinem Sterben widmeten, hätte alles wettgemacht. Diese letzten gemeinsamen Monate und Wochen und Tage miteinander waren, sagte sie, etwas wie eine Krönung ihrer langjährigen Beziehung, ein Geschenk; im Angesicht seines nahenden Todes hätten sie vieles noch besprechen und klären können, vieles auch habe sich wortlos aufgelöst, so dass er schließlich in ihren Armen kampflos seinen letzten Atemzug tat.

Und wie Lino darauf sagte: Ach wunderbar, in den Armen einer liebenden Frau sterben zu dürfen!

Andererseits die Idee zum Film, den Oleg und Olga machen wollten – wie elektrisiert war Lino! Die Geschichte ließ ihn nicht mehr los.

Ein Mann will nach der Wende groß ins Geschäft kommen, baut an der Ostsee ein Freizeitzentrum und stattet es mit sehr viel teurem Equipment aus, Segelbooten und Wind- und Wellensurfing und so weiter; und als der Besucheransturm ausbleibt, kann er die Kredite nicht mehr bedienen. Gemeinsam mit seiner Ehefrau heckt er einen Plan aus, wie sie aus der Schuldenlast entkommen könnten: Bei stürmischem Wetter würde er hinaussegeln und nicht an Land zurückkehren, zum Schein umkommen in der See. Wenn dann nach der Frist von zwei Jahren der Vermisste für tot erklärt würde, könnte die Frau die Lebensversicherung kassieren, und zusammen würden sie, so der Plan, sich auf und davon machen mit dem Geld und in Uruguay ein neues Leben beginnen.

Das Einzige, was der Mann nicht bedachte: Während der zwei Jahre bis zur offiziellen Todeserklärung, die er hinten im verwilderten Garten in einem ausgebauten Schuppen verbringen muss, ist er auf Gedeih und Verderb seiner Frau ausgeliefert; er ist ihr Gefangener. Nicht nur kann er tagsüber nicht raus, höchstens nachts in der Dunkelheit mal ein Spaziergang am Strand, auch hängt er einzig von der Glaubwürdigkeit des Witwenspiels seiner Frau ab.

Und was macht er im Schuppen während der langen Zeit, die er draußen sich nicht sehen lassen darf? Er ist im Internet unterwegs. Und findet Kontakt mit einer anderen, jüngeren Frau.

Linos spontaner Kommentar: Er ist ein Toter, der leben will!

Und der Mann, was macht er? Er bucht, in Absprache mit der Ehefrau, eine Sondierungsreise nach Uruguay, und, so sein eigener geheimer Plan, die neue Frau fährt mit.

Aber bereits am Flughafen geht er in die doppelte Schlinge: Sein Name steht, da seine Leiche nie gefunden wurde und auch keine Bootsteile je angeschwemmt sind, auf der Fahndungsliste wegen Verdachts auf Versicherungsbetrug – und also wird er, unter den Augen der neuen Frau, die ihn jenseits der Passkontrolle erwartet, abgeführt; und von der alten Frau, die glaubhaft jede Mittäterschaft abstreitet, verraten.

Die Frage, ob der Mann so naiv ist, mit seinem eigenen Pass reisen zu wollen, oder ob er sich, wie auch immer, doch eine andere Identität besorgt, vielleicht ja mithilfe seiner Ehefrau, würde noch zu klären sein, sagte Oleg. Und die Diskussion, wer denn eigentlich den Versicherungsbetrug ausgeheckt habe, der Mann oder die Frau oder doch beide zusammen, beendete Oleg damit, dass es offen bleiben solle. Denn eigentlich, sagte er, gehe es ihm ja vor allem um die kriminellen Machenschaften der Kreditverkäufer, die damals, kaum existierte die DDR nicht mehr, den vom Wildwest-Kapitalismus noch völlig Unbeleckten im Osten das Blaue vom Himmel herab erzählten und ihnen Verträge aufschwatzten, die sie zwangsläufig in den Ruin trieben. Nicht nur ruinierten sie die wirtschaftliche Existenz ganzer Familien, auch gewachsene soziale Gefüge gingen zu Grunde, und Ehen brachen auseinander.

Die jungen Filmer, Oleg aus Breslau und Olga aus Rostock, waren damals an Lino herangetreten, ob er, da ostwärts gut vernetzt, Kontakte zu Personen und Organisationen herstellen könne, die einen derartigen Film mitfinanzieren würden.

Lino hatte die beiden nicht von vorneherein abgewiesen, sondern interessiert angehört, was sie vorhatten; und sich mit dem Projekt bald so stark verbunden, dass er sogar an die Ostsee mitfuhr, zu verschiedenen Küstenabschnitten, auf der Suche nach möglichen Drehorten.

Zweimal ist auch sie mitgefahren, und war überrascht, wie intensiv Lino bei diesem oder jenem Haus am Wasser, hinter dem Deich oder am Rand einer Ortschaft sich ausmalte, wo der Schuppen stehen müsste, in dem der Tote, der leben will, sitzt.

Dass diese Geschichte auch mit Lino zu tun hat, sah sie damals nicht.

Nein, sie wollte keine Schlüsse ziehen, kein Urteil fällen, ihn nicht interpretieren; nur ihn lieben wollte sie.

Dass sie es endlich doch könnte, glaubte sie. Endlich einmal nicht aufgeben, nicht abspringen, nicht immer und immer wieder das alte Muster, das wollte sie.

Ursina geht noch einmal hinüber zum PC, startet ihn neu, öffnet die Datei, in der sie die Korrespondenz mit Lino gespeichert hat, mitsamt den vielen nicht abgeschickten Mails; sie scrollt auf und ab, liest hier und dort, bleibt beim 9. Juni hängen:

Liebster Freund, all die Missverständnisse – will ich dich denn nicht so, wie du bist? Deine zunehmende Sparsamkeit mit Worten und Zärtlichkeit, deine Unbestimmtheit, die mir anfangs so gefiel –, warum halte ich nicht aus, wie es ist? Warum genügt mir nicht, wie du dich mir gibst? Habe ich Erwartungen an dich, wider all meine Vorsätze? Meine Wünsche, warum werden sie dir zu Vorwürfen? Was hätte ich dir vorzuwerfen!

Aber deine Stummheit –

Liebster Freund, lass mich nicht in Stummheit zurück! Lass uns zurückfinden zur Sprache, zu einer Sprache, in der Liebe möglich ist.

Eine Antwort darauf gibt es nicht.

Ursina scrollt weiter, und stößt auf jenen Satz, der sie traf wie ein Dolchstoß:

Wer zu nahe steht, dem kann man nicht entgegenkommen!

»Liebe meines Lebens« – damit war sie ihm zu nahe getreten.

Darin liege ein Anspruch, der unmöglich zu erfüllen

sei, sagte er, ein Anspruch, der Erstickungsangst wecke bei ihm.

8. Juli: In dieser Sommernacht der Mond, halbvoll steht er am Himmel und leuchtet so hell – möge er auch bei dir hereinscheinen und dich grüßen von mir und dich küssen in dieser Nacht, die so sommerlich warm und lieblich ist; warum sollte er es nicht – ich lieb dich doch!

Ach Lino, was sind wir so dumm und klein und enggestrickt und arm dran – wo die Welt doch so groß ist und der Himmel so weit und das Leben so unfassbar schön! Ach du, Lino!

Die Antwort: Ach Ursina – ja, ich schick dir einen Gruß zurück. Nüchtern freilich; nach der Bergfahrt richte ich mich ein im Ritual des Alltags.

Die Bergfahrten! All diese Männer, die sich zum Bergsteigen treffen einmal im Jahr. Fast alle Viertausender im Wallis hätten sie gemacht, und neuerdings seien sie auch in den italienischen Alpen unterwegs, und nächstes Jahr wollten sie auf den Ararat – denn eigentlich, sagte Lino mit spitzbübischem Lächeln, gehört der Ararat ja doch den Armeniern. Eine schwierige Partie ist der nicht, nur der Aufstieg durch die endlosen Stein- und Geröllhänge bis hinauf zum Eispanzer, der den Gipfel bedeckt, halt sehr mühsam; und nicht immer möglich, weil häufig mit Wolken bekränzt. Aber wenn, dann sei der Blick von dort oben einzigartig, da es keine anderen hohen Berge ringsum gibt, die die Sicht versperren;

nur er, der Solitär, mit dem kleinen Bruder, dem Kleinen Ararat an seiner Schulter, thronend über dem Anatolischen Hochplateau und der Ararat-Ebene; bei sehr klarem Wetter sei der Sevan See zu sehen und manchmal sogar der kleine Kaukasus und im Südosten die Berge an der iranischen Grenze.

Mit einigen dieser Bergsteigermänner ist Lino befreundet, die anderen, sagte er, kenne er ausschließlich vom Bergsteigen. Aber: sie alle hat er nach Armenien miteingeladen, mitsamt ihren Partnerinnen!

Ursina zieht die mittlere Schreibtischschublade auf, holt das Reiseprogramm hervor:

Das Haghartsin-Kloster, die alte Sanahin-Brücke im Debectal, von dort die Wanderung hinauf zum Klosterkomplex – wie oft hat sie sich das alles im Internet angeschaut! All die Kirchen und Klöster in waldigen Tälern, die engen Schluchten, die große weite Landschaft auf den Hochebenen! Und die Quelle hinter Dilican! Und all die Projekte und Unternehmen, die sie anschauen werden; auch jenes kurz vor der iranischen Grenze, wo sie mit Wiederaufforstung beginnen.

Wie sehr hat sie sich auf all das gefreut!

Ursina wischt sich mit dem Handrücken über die Augen – nein, nicht mehr!

Sie zieht ein Taschentuch aus der Verpackung, schnäuzt sich die Nase, fährt den Computer herunter, geht hinüber zum Ofen, wirft das zerknüllte Taschentuch mitsamt dem Reiseprogramm auf die Glut und legt ein weiteres Holzscheit drauf.

Sie gießt noch einmal Tee ein – der Tee ist kalt; sie schüttet ihn in den Spülstein. Und als sie die Kanne auswäscht, plötzlich spürt sie wieder Lino in ihrem Rücken – wie er damals am Morgen, als sie die Milch zum Kaffee aufschäumte, hinter sie trat, seine Arme um sie legte und ihr über die Schulter zuschaute und fragte, ob sie jemals Nescafé getrunken habe und wisse, wie der schmeckt.

Ja, auf Reisen manchmal, wenn es nichts anderes gibt. Du magst Nescafé wohl nicht?

Ich halte es so ähnlich wie du: auf Reisen ja, sonst lieber nicht.

Und dann erzählte er von einem Christoph, der Mitte der 60er Jahre für ein Semester nach Berlin kam, als Unterassistent in der Inneren Medizin. Gewohnt habe dieser Christoph in der WG in jenem Zimmer, das später ihres war. Und was meinst du, was Christoph aus der Schweiz mitgebracht hat? Nescafé! Sechs Dosen, für jeden Monat eine.

Seine Mutter war der Meinung, in Deutschland, falls es überhaupt Kaffee gibt, sei der nicht trinkbar. Sie glaubte offenbar, dass noch in den 60er Jahren Zustände herrschten wie nach dem Krieg, besonders natürlich im eingeschlossenen Berlin. Diese Mutter, die – so wie alle Mütter! – nur das Beste für ihren Sohn wollte, und also ihn auch vor dem grauenhaften deutschen Kaffee bewahren, hatte ihm den Nescafé mitgegeben.

Nein, deutsch-feindlich, wie viele in der Schweiz sind, waren Christophs Eltern nicht; im Gegenteil, sie hatten

Freunde in Dresden, ehemalige Kommilitonen seines Vaters, Mediziner auch sie, noch aus seiner Studienzeit; Freunde, die sie bald nach dem Krieg wieder besuchten. Von daher wohl stammte die Meinung der Mutter, Kaffee und Schokolade aus der Schweiz muss unbedingt mitgebracht werden nach Deutschland.

Linos herrliches Lachen, als er davon erzählte.

Und draußen auf der Terrasse, nach der ersten Tasse Kaffee dann beim Frühstück, wie Lino die Nescafé-Geschichte weitererzählte. Mit Christoph habe er sich auf Anhieb gut verstanden, auch weil er an der grassierenden Politisiererei nicht sonderlich interessiert war; zumal er als Schweizer ja ein etwas anderes Verhältnis habe zu Staat und Gesellschaft, und ihn die neuere Geschichte Europas nicht betreffe wie uns Deutsche. Besonders verband sie die Musik; zusammen gingen sie in Konzerte, in der damals neu gebauten Philharmonie, und natürlich in diverse Jazzkeller. Und über Weihnachten lud Christoph ihn nach Zürich ein, in sein Elternhaus, eine Villa oberhalb der Stadt, mit Blick zwischen alten Bäumen auf den See.

Christophs Eltern waren sehr feinsinnige, gebildete, liebenswürdige Menschen, die viel in der Welt herumgekommen sind, sagte Lino, das einzig wirklich Merkwürdige bei ihnen war nur der Kaffee. Der Kaffee wurde nach dem Essen im Salon serviert. Eine grauhaarige Frau, schwarz gekleidet, mit weißer Schürze, offenbar seit Jahrzehnten im Dienst des Hauses, schon bei den Großeltern als ganz junges Mädchen, sie brachte auf einem Silbertablett den Kaffee herein; und zwar: Nescafé in einer Silberdose, und heißes Wasser in einer Thermoskanne, und Würfelzucker und Sahne, je in silbernen Behältern.

Die Schweizer und ihr Nescafé! Linos Lachen, als er es sagte.

Und am Tag nach dem Weihnachtsfest seien sie gleich los in die Berge zum Skifahren, nach Klosters ins Ferienhaus der Eltern, und blieben bis Silvester, bis Christophs Eltern nachkamen. Ein paar Mal noch sei er über Weihnachten und Neujahr dort gewesen.

Der Kontakt mit diesem Christoph, ob er eng sei, hatte sie Lino gefragt.

Eng nicht; außerdem meldet er sich von sich aus kaum je; aber wenn wir zusammen unterwegs sind, beim Bergsteigen, sind wir immer gut im Gespräch miteinander.

Ob sie auch über Frauen sprächen, ob das ein Thema sei zwischen ihnen.

Lino lachte: Christoph ist Psychoanalytiker; mit C. G. Jung fing er an, wechselte dann zu Freud; entsprechend prekär wird wohl sein Verhältnis zur Mutter sein beziehungsweise zu den Frauen. Aber Frauen sind eigentlich kein Thema zwischen uns, sagte Lino, und schon gar nicht, wenn sie Probleme machen. Außerdem sind wir sehr verschieden, was Frauen angeht. Trotzdem, auch wenn wir uns nur einmal im Jahr sehen, die Freundschaft mit ihm ist fraglos.

Ja, auch diesen Christoph hat Lino nach Armenien eingeladen.

Die Koinzidenz aber, dass Lino in den selben Jahren, zur selben Zeit dort war wie sie, Ursina!

Immer, ihre ganze Kindheit und Jugend hindurch, war sie über Weihnachten und Neujahr mit Eltern und Brüdern in Davos gewesen. Davos, Davos! – die verquere Liebe ihrer Eltern zum ach so wunderbaren Bündnerland. Die Verbeugung davor bis in die Namen ihrer Kinder, Gian und Maurus die Jungen und sie, Ursina.

Kaum in Berlin hatte sie sich damals umbenannt. Uschi klang so keck, so frech, so frei; in jener Zeit, als alles möglich schien; alles war veränderbar, mit dem neuen Namen auch die Person.

Was ist daraus geworden –

Das letzte Treffen mit Lino, im Literaturhaus-Café an der Fasanenstraße:

Das Exposé für den Film vom Toten, der leben will, durchzusehen als Außenstehende, hatte Lino sie gebeten; dass er es ihr zumutete, nach allem, was bereits zwischen ihnen stand, ja, sie war verärgert. Auch über den hingeschmierten Schrieb, die unpräzisen Formulierungen ärgerte sie sich: Du kannst doch schreiben, warum schreibst du so luschig!

»Luschig«! Oh ja, genau dies ist das Wort, das meine Mutter immer zu mir sagte, wenn ich ihr die Hausaufgaben zeigte, und fast immer dann musste ich, bevor ich rausdurfte zum Spielen, alles noch einmal abschreiben in Schönschrift.

Lino, wenn du mich noch immer mit deiner Mutter verwechselst, kann ich dir wirklich nicht helfen! Sie schmiss das Büschel Papiere vor ihn hin auf den Tisch und sprang auf.

Čajka, die zwischen Linos Füßen gelegen hatte, schoss aufjaulend unter dem Tisch hervor, so dass die an den Nebentischen sich umsahen. Lino nahm die winselnde Čajka am Halsband, legte ihren Kopf in seinen Schoß und strich ihr beruhigend über Schnauze, Ohren und Hals.

Aber bevor ich jetzt gehe, bitte sag mir noch einmal den Grund, warum du mich ausladen musstest; noch immer hab ich es nicht wirklich verstanden.

Das hab ich dir bereits gesagt, mehrmals.

Sag es mir noch einmal, bitte, damit ich es endlich verstehe!

Zögerlich, dann sehr entschieden: Der Grund ist mein ungeklärtes Verhältnis zu dir.

Sie wiederholte den Satz, schluckte, wusste nicht weiter.

Lino sagte nichts.

Diese Kränkung, die so haarscharf passt zu mir! Mir würde leichter fallen, die Ausladung zu akzeptieren, wenn ich wüsste, es tut dir immerhin ein bisschen leid, dass du mir diesen Schmerz zufügen musst, mir dieses Opfer abverlangst; um es nicht ausschließlich auf mich zu beziehen, auf mein Ungenügen, sondern es bei dir zu lassen, als dein Unvermögen.

Nein, das kann ich so nicht sagen – Lino sagte es lächelnd, aber sein Blick war so entsetzlich kalt! –, und was du Kränkung nennst, wie du damit klarkommst, das ist deine Sache.

Ist sie selbst es, die das Verhängnis immer wieder herbeizwingt?

Und: gibt es wirklich kein Entkommen?

In der Nacht dann der Traum mit Čajka. Sie träumte, Lino lasse Čajka bei ihr, während er mit seinen Geburtstagsgästen unterwegs in Armenien ist. Und am Morgen erwog sie sogar, ob sie es ihm anbiete.

An jenem letzten Abend aber, als sie hinaus ins Freie traten und nebeneinander durch die Fasanenstraße gingen, ein irrer Schwindel plötzlich in ihrem Kopf und unter dem Zwerchfell eine diffuse Übelkeit, die sich auszubreiten begann, so dass sie sich unwillkürlich einhängte bei Lino; und sofort spürte: diese Nähe, nein, es geht nicht mehr; schon gar nicht, dass er sie halten sollte in ihrem Schmerz.

Nur für die paar Schritte bis zum Ku'damm, bitte. Danach bist du frei!

Reaktion von Lino: keine.

Das Ende: an der Treppe zur U-Bahnstation eine letzte Umarmung, wortlos, die Berührung ihrer Lippen flüchtig, ihre Hand an seinem Hals, in seinem Haar, momentlang sein Atem an ihrer Wange, sein Geruch, seine Körperlichkeit –

Dann war er verschwunden, die Treppe hinab; und sie –

Sie stand dort auf dem Mittelstreifen vom Kurfürstendamm und schaute ihm nicht nach; sie schaute nirgends hin, sie hörte und sah nichts; als ob die Welt verstummt sei, erloschen, nichts um sie herum. Nur sie, in Taubheit gehüllt – wie nach einer Narkose, und tief darunter ein dumpfer, ferner ortloser Schmerz.

Aber: die Operation hatte nicht stattgefunden. Noch nicht.

Jetzt wird sie es tun.

Sie wird Lino aus ihrem Herz schneiden. Und ihn begraben; und mit ihm alle Sehnsucht, und den Schmerz mitsamt der Illusion, dass Liebe möglich sei zwischen Mann und Frau.

Und morgen wird sie hinüber zum See gehen, mit dem Hasen, den sie braten wollte, wenn Lino sie demnächst vielleicht ja doch wieder besucht hätte – als Anspielung auf die erste Karte, die sie ihm nach ihrer Wiederbegegnung auf der Messe geschickt hatte, Joseph Beuys' *Friedenshase mit Zubehör*.

Der Hase, das nackte Tier, das seit ein paar Tagen draußen im Schuppen hängt – der Bezirksjägermeister hatte ihr den, abgezogen und ausgeweidet, vorbeigebracht: Sie wollten doch immer mal einen Hasen haben, hier ist er! Aber gut abhängen müssen Sie ihn. Bei Hasen weiß man nie so genau, wie lang die schon gelaufen sind, die Läufe können schon mal zäh sein.

Obwohl sie fast sicher gewusst hatte, Lino würde nicht mehr zu ihr rausfahren, hatte sie doch gehofft, dass er käme; dann hätten sie geschmaust und gefeiert zusammen, und gelacht – über die Angst in ihrem Alter! Und vielleicht sogar hätten sie einen nächsten Schritt gewagt, und sei es auch nur einen winzig kleinen Schritt, einmal wenigstens es versucht –

Morgen wird sie den Hasen in den See werfen. Sollen die Aale sich an ihm satt fressen!

Nichts bleibt, fast nichts –

Einen winzigen Augenblick lang die Versuchung, ob sie die grüne *Maral*-Flasche doch wieder aus dem Gelben Sack herausnimmt.

Ursina geht hinüber ins Wohnzimmer, legt die CD auf, *L'esprit de l'Arménie*, die Inés ihr schenkte angesichts der bevorstehenden Reise –

Inés, die sie schon früh gewarnt hatte, dass sie Lino nicht wirklich traue, ihm Liebe zu einer Frau nicht zutraue. Und auch die enthusiastischen Berichte anzweifelte, in Armenien sei eine ganze Generation im Aufbruch. Immer, sagte sie, sind es nur Einzelne, die mutig etwas wirklich Neues wagen. Zwei Kollegen, Übersetzer aus dem Russischen, hätten ihr unabhängig voneinander erzählt, über Armenien liege noch immer die alte, schwere Lethargie. Und treulich würde der Opferstatus weitergepflegt, zelebriert geradezu. Und noch immer hänge das Land am russischen Tropf, gehindert am völligen Kollabieren einzig aus strategischen Gründen. Arbeit gebe es praktisch keine, und weiterhin lebten viele ausschließlich von den Zahlungen ihrer ausgewanderten Verwandten. Wenn heute einer erfolgreich ist und zu Geld kommt, dann, sagten die beiden, in Russland, nicht in Armenien. Außerdem sind, sagte Inés, die letzten Wahlergebnisse, das ist erwiesen, deutlich gezinkt.

Ursina geht wieder in die Küche, nimmt aus dem Kühlschrank den Rest von gestern, Gemüse-Risotto, stellt ihn zum Aufwärmen auf den Herd, deckt für sich den Tisch. Wenn sie wieder in Berlin ist, wird sie bei Inés nächtigen, so wie sie es früher tat.

Ursina rührt den Risotto vorsichtig um; durch die offene Tür herüber klingt:

Arménie, terre de paradis,
Berceau de l'espèce humaine,
Ou s'arrêta l'arche de Noé,
Et pour moi, terre natale,
Inspire moi du courage,
En toi seul est mon espoir.

Ursina stellt den Risotto, als er heiß ist, auf den Tisch.

Im Traum sei er aus einem Hotel rausgeworfen worden wegen Assja, so schrieb er, und als er hochfuhr im Lift – warum hoch, frage er sich, warum nicht runter –, jedenfalls blieb der Liftboden unten, mitsamt Assja; und erst in allerletzter Minute habe er sie an der Leine hochgerettet, dabei sei sie fast erstickt. Der Nachsatz dann: Rette ich mich so? Weiterhin sah sie nicht, was sich doch, auch in seinem Traum, zweifelsfrei offenbarte.

Aber dann, nachdem er sich tatsächlich »gerettet« hatte: Mit jeder Mücke und jeder Fliege, die sie abklatschte, mit jeder Ameise und jedem Käfer, die sie zertrat, jeder Schnecke, die sie mit der Gartenschere zerschnitt, zerschnitt, zertrat und zerklatschte sie immer auch ihn; jedes Mal wieder, mit immer neuer Wut und Empörung.
Zum ersten Mal wurde es ihr bewusst, als sie eine silbrige Motte auf einem ihrer alten Teppiche entdeckt hatte, sich die Sandale vom Fuß riss und das gefräßige Vieh erschlug; sofort, mit dem ersten Schlag wusste sie es. Und erledigte von da an das Viehzeug nicht nur im vollen Bewusstsein, was sie tat, sondern mit unbändiger Mordlust. Anfangs war sie erschreckt über diese Lust, dann aber genoss sie das Morden. Und irgendwann begann sie auch, jede Katze und jeden Hund auf der Straße abzuschießen in ihrer Vorstel-

lung und sich auszumalen, wie das Tier zusammensackt, wie es alle viere von sich streckt und wie das Blut durchs Fell sickert, glattes oder krauses, braunes oder schwarzes, rötliches, getigertes.

Ihre Mordlust, einigermaßen abgekühlt mit der Zeit, überkam sie unverhofft noch einmal:
Vor einer längeren Reise ins Ausland besuchte sie ihre Freundin, um sich zu verabschieden, und sah, als sie eintrat, die graugetigerte Katze des Hauses lag eingerollt auf einem Sessel und schlief. Der Mann ihrer Freundin, der die Katze liebevollst umsorgt hatte, war vor einigen Monaten gestorben; worüber auch die Katze lange »untröstlich« war; lange ließ sie niemand an sich heran, akzeptierte nur notgedrungen, dass nun die Frau ihr das Futter hinstellte und die Tür öffnete zum Raus- oder Reingehen; anfassen oder streicheln aber ließ sie sich nicht. Dann, nach einiger Zeit, maunzte sie nicht mehr nur hungrig herum, sondern strich der Frau um die Beine, und sprang ihr eines Tages auf den Schoß und ließ sich schließlich auch streicheln von ihr – und war somit eine nicht mehr trauernde, sondern wieder eine normale Katze, die sich nimmt, was sie will, von denen, die es ihr geben; und ließ, wenn Gäste ins Haus kamen, sich nicht mehr stören und manchmal sogar streicheln.
Während die Freundin in der Küche etwas zum Trinken richtete, ging sie zum Sessel, auf dem die Katze lag, und begann sie zu streicheln, worauf die graugetigerte Schöne zu schnurren geruhte; und sogar zuließ, dass sie sie unter

ihrem feinen Schnäuzchen kraulte – sie, die früher nie Notiz genommen hatte von dieser Katze oder irgendeiner sonst, geschweige denn sie gestreichelt. Nun aber streichelte und kraulte sie die Katze und, ja, sie genoss es sogar, den warmen Tierkörper anzufassen und das Pulsen des Herzens unter dem Fell zu spüren.

– Wie gut, du Allerschönste, dass du bei meiner lieben Freundin bist, und wie gut, dass sie dich hat! Pass gut auf sie auf, so wie sie gut auf dich aufpasst!

Und während sie es sagte, und weiter kraulend der Katze durchs Fell strich, da plötzlich schoss ihr die Erinnerung an ihr Katzen- und Hunde-Morden durch den Sinn und, momentlang, auch die Vorstellung, wie das Blut dieser Katze durchs graugetigerte Fell sickern würde; aber kaum stand das Bild plastisch lebendig vor ihr, da – ein scharfer, heftiger Schmerz. Tausend Katzenkrallen, die ihr in Hand und Unterarm hieben; krallten und krallten, und gleichzeitig dreitausend Katzenzähne, die zubissen, wieder und wieder, in rasendem Tempo, spitz und scharf –

Das Vieh abzuschütteln gelang nicht. Erst als die Freundin aus der Küche kam und auf das sein Leben rettende Katzentier begütigend einsprach, da endlich ließ es ab von ihr, und verschwand in den Garten.

Zu ihrem Glück entzündeten sich Hand und Unterarm, zwar komplett zerkratzt und heftig brennend für mehrere Tage, nicht. Katzen und Hunde aber sah sie von nun an nicht mehr nur als Liebesobjekte für einsame Menschen, sondern auch als eigenständige Lebewesen, begabt mit feinster Wahrnehmung dessen, was um sie ist.

Und mehr und mehr nahm sie auch wahr, wie verschieden sie alle sind; und dass es einen Hund wie Assja nicht noch einmal gibt. Ähnliche Hunde in Größe oder Farbe gibt es, aber keinen wie Assja. Assja ist, musste sie endlich zustimmen, einzigartig!
Und manchmal fragte sie sich nun auch, wie es wäre, wenn sie selbst einen Hund bei sich hätte, ein lebendes Wesen, das ihr Alleine-im-Leben-Sein begleitete.
Einmal sogar träumte sie von Assja: Ganz selbstverständlich war sie unterwegs mit ihr. Ohne ihn. Er war auf Reisen, irgendwo in der Welt, beruflich. Dass er ihr das so sehr geliebte Tier anvertraute, wusste sie zu schätzen im Traum; und gleichzeitig war sie erstaunt, dass er ihr noch immer so viel Vertrauen schenkte, denn auch im Traum wusste sie, dass er nicht mehr ihr »liebster Freund« ist.
Anfangs im Traum sprang Assja um sie herum, später dann, unterwegs in einer mediterranen Stadt, hatte sie sie an der Leine; sie ging mit ihr durch Straßen, beidseits von hohen Mauern umgeben, über die blühende Zweige von Büschen und Bäumen rankten. Aber sie hatte, stellte sie fest im Traum, ja gar kein Futter mitgenommen! Hatte er ihr keines mitgegeben? Unklar war auch immer wieder, trotz diverser Telefonversuche, die immer wieder scheiterten, wo und mit wem sie verabredet war in jener Stadt. Und zum Auto fand sie auch nicht zurück, wusste nicht mehr, wo sie es geparkt hatte. Und plötzlich war sogar Assja verschwunden. Und als sie nach ihr rief, fragte sie sich im Traum, ob Assja überhaupt auf ihre Stimme hört. Und als Assja nicht auftauchte: Oder hab ich sie vielleicht doch im Auto gelas-

sen? Und hab ich wirklich nicht vergessen, einen Fensterspalt offen zu lassen für Luft?
Letztes Bild im Traum: Sie liegt auf dem Bett in einem Hotelzimmer, Assja liegt neben ihr, die Schnauze auf ihrer Brust, schaut zu ihr hin.
– Ja, er kommt zurück, irgendwann kommt er und holt dich ab; aber bis dahin wartest du bei mir, sagte sie und strich dem Tier über Kopf, Ohren und Hals – und spürte das zarte Fell unter ihrer Hand und den warmen Tierleib an ihre Seite gelehnt noch, als sie aufwachte, und sah, wo sie war, und dass ihre Hand über die Bettdecke strich, und merkte, dass ihr Tränen über die Wangen liefen; nun wusste sie: Er kommt nicht mehr zurück. Und auch Assja wird sie nicht mehr sehen.

An jenem letzten Morgen aber hockte Assja still in der Ecke und linste herüber zu ihnen beiden, die sich schweigend gegenübersaßen und Kaffee tranken.
Sie aß eine Scheibe Brot dazu, ohne Marmelade und ohne Butter, danach stand ihr nicht der Sinn, aber da sie anschließend eine längere Autofahrt vor sich hatte, die sie nicht unterbrechen wollte nur wegen Flauheit im Bauch, zwang sie das trockene Brot in sich hinein; und spürte, während sie es kaute und zu schlucken versuchte, wie es ihr im Hals stecken zu bleiben drohte, und dass all das Ungesagte ihr die Luft abschnürte. Und wieder fiel ihr nichts ein, was die verfahrene Situation zwischen ihr und ihm noch einmal aufzulösen vermocht hätte, keine hübsche Geschichte, kein leichtes Wort, schon gar nicht ein Scherz.

Sie schaute nur vor sich hin und dann zu ihm, der nichts aß und, mit seinem Blick auf der Titelseite der Zeitung, ebenfalls schwieg.
Überdeutlich sah sie: Dies ist das Ende! Und spürte, dass die Ohnmacht ihr Tränen in die Augen trieb. Aber weil dann alles noch viel schlimmer sein würde, sprang sie auf, ging um den Tisch herum, hockte sich vor ihm nieder, legte ihren Kopf in seinen Schoß, wortlos. Worauf er ihr über Kopf, Hals und Rücken strich, ebenfalls wortlos.
Ja, jetzt bist du da gelandet, wo du definitiv nie hinwolltest – jetzt krault er dich, wie er seinen Hund krault!
Sie erhob sich und sagte: Also dann, Adieu und viel Glück! – und ging. Endlich.

In ihrem Auto die Hundehaare, unübersehbar auf dem Teppich vor dem Beifahrersitz, lange noch erinnerten sie an die gemeinsamen Ausflüge; bis sie sich eines Tages entschloss, bei der nächsten Tankstelle den Autostaubsauger zu betätigen.
Das Hunde- und Katzen-Abschießen hatte sich nach jenem Zwischenfall bei ihrer Freundin von selbst erledigt; und nun dachte sie auch nicht mehr angesichts jeder Spinne an ihn, der Spinnen, wo immer er sie sah, in seinen Händen barg und ins Freie trug.
Und endlich verbot sie sich auch den Umweg durch die Straße, in der er wohnt, seit sie mit dem Fahrrad in der Nähe dort, statt auf die Fahrbahn zu achten, Ausschau hielt, ob sie ihn, den Mann mit dem Hund, sähe irgendwo, und mit dem Vorderrad in einer Tramschiene sich so verfan-

gen hatte, dass sie den ganzen Sommer über noch ihr Knie spürte vom Sturz.

Und den Stecker der elektrischen Zahnbürste, wenn es nicht mehr blinkt und also der Akku geladen ist – ein oder zwei oder drei Atomkraftwerke könnten abgeschaltet werden, wenn wir alle die Standby-Schaltungen ausknipsen würden, sagte er; und hatte sicher recht damit –, nun zog sie den Stecker nicht mehr, weil er recht hatte, sondern endlich, weil sie, wie so viele andere verantwortungsbewusste Leute, Atomenergie für unverantwortlich hielt.

Und auch mit dem Müll hielt sie es so: Sie trennte ihn nicht mehr, um ihm, dem Meister-Mülltrenner, es gleichzutun, sondern, nun ja, weil es halt sinnvoll ist.

– Wenn vom Trennen abhinge, wer ins Paradies hineindarf, dann hätte ich sicher Chancen hineinzukommen, sagte er.

Er sagte es, nachdem sie hatte wissen wollen, wohin mit den Papiertüten von Obst und Gemüse, wohin mit dem gewachsten Einwickelpapier von den verschiedenen Käsesorten, und dem Papier, in dem der Fisch lag, und was ist mit dem Plastiksack, den sie auf dem Markt wohl oder übel hatten annehmen müssen, als sein Rucksack voll war von all den Köstlichkeiten, denen sie nicht widerstehen konnte.

Er sagte, er mache das lieber selbst, und sortierte in wer weiß wie viele verschiedene Behälter; die Papiertüten aber strich er glatt, um sie beim nächsten Einkauf wiederzuverwenden.

Und die abgegessene Fischgräte! Mit fast zärtlicher Sorgfalt, nachdem er ihre Schönheit bewundert und an Picasso und Spoerri erinnert hatte, legte er sie, die nicht in den nor-

malen Biomüll gehört, in einen leeren Joghurtbecher; am nächsten Morgen, wenn er rausgehe, werde er die Gräte im Stadtpark dem Komposthaufen zur Verrottung übergeben.
Sie fand ihn liebenswert in seiner fast zärtlichen Sorgfalt. Auch wie er die Reste vom Mahl, den Reis, das Gemüse, die Oliven, in kleine Plastikdosen verpackte und in den Kühlschrank stellte, rührte sie, und wie er, ihren Blick im Rücken spürend, lächelnd sagte:
– Einer allein wird davon noch satt.
Später allerdings fragte sie sich: Ist für ihn, was vom Liebesmahl übrig bleibt, der Verrottung zu übergeben ebenso möglich, so wie die Fischgräte?
Lange, zu lange hatte sie geglaubt, seine Zärtlichkeit gelte ihr, ihr als Person, nicht nur ihr als Frau, als weibliches Wesen, als Weib.

Zwei pralle, rotbackige Äpfel hatte sie auf ihren ersten gemeinsamen Spaziergang mitgenommen, und bot ihm, als sie Pause machten, einen an.
Die sähen ja aus wie echte Paradiesäpfel, sagte er, und wenn er ein Messer dabeihätte, würde er vorschlagen, dass sie einen teilen, damit sie später noch einen hätten.
– Ich hab ein Messer mit, und du hast natürlich recht, ziemlich sicher haben wir später noch einmal Lust auf einen Paradiesapfel, sagte sie. Sie sagte es lachend, so wie sie anfangs alles mit einem Lachen sagte, zog das Messer aus der Tasche, schnitt den Apfel mittig durch, und stellte sich gleichzeitig vor, er und sie im Paradies, beide

nackt, in ihrem Alter, und ohne Scham. Überrascht, aber nicht erschreckt von dieser Vorstellung, reichte sie ihm eine Apfelhälfte und wischte die Messerklinge, bevor sie sie zurückschnappen ließ, an ihrer Jeans ab.
– Doch nicht an der Hose! Beinah erschrocken sagte er es; dann halb verschmitzt: Aber du musst es wissen, die Hose musst ja du waschen.
Was ist ein Apfel, was ist ein Messer, was eine Hose!
Das haushälterisch Sparsame im Umgang mit den Herrlichkeiten dieser Welt – wie wenig er sich gönnte in diesem Leben, das doch so ewig nicht währt!
Genügsamkeit als Tugend –
– Du lebst ja fast wie ein Mönch!
Er wehrte nicht ab, schmunzelte nur – ja, in ihm stecke auch ein Mönch.

Auch seine wiederkehrende Aufforderung zu Gelassenheit: Lassen wir es doch einfach kommen! Oder: Lassen wir es auf uns zukommen!
Ja wirklich, von allem Anfang an hätte sie erkennen können, worauf es hinauslief; oder eigentlich: worauf sie sich einließ.

Schon am Morgen nach der ersten gemeinsamen Nacht, sie gingen unter Platanen dem gletschergrünen, stark strömenden Fluss entlang, die Hände ineinander verschlungen, die Handinnenflächen mit Fingerspitzen ertastend, nachspürend der Lust, kommende vorfühlend – da plötzlich sagte er:

– So ist das mit den Frauen, sie sprechen einen an, ganz harmlos und unschuldig: Sind Sie nicht Herr Sowieso? – und schon haben sie einen im Bett!
Ob er sich missbraucht fühle, fragte sie nicht.
Das Desaster war vorprogrammiert. Und alles, was sie Entsprechendes zu bieten hatte, bot sie auf, damit es stattfinde.

Wie lange hat sie gebraucht, um zu erkennen, wie recht er hatte mit seinem letzten Satz in seinem letzten Mail: Lass uns akzeptieren – es hat nicht funktioniert!
Erst im Sommer danach, als sie sich wieder die Zehennägel lackierte und ihr Assjas feuchtwarme Schnauze wieder einfiel, die ihr damals die Füße geleckt hatte, um wieder einzurenken, was endgültig ausgerenkt war, da endlich sah auch sie, dass es nicht funktionieren konnte — weil es ihr nicht genügte. Was auch immer »es« sei, führte nirgends hin.

Was aber, wenn sie »es« von Anfang an gelassen hätte?

Nord-Friesland. Winter

Ursina öffnet die Augen – nur erst zögerlich dringt Morgenlicht ins Zimmer herein, Winterlicht.

Ursina streckt sich, schlägt die Decke zurück, setzt sich auf, schaut durch die offene Tür hinüber ins Wohnzimmer: Heute ist der dritte Tag, dass sie bei Lino Wache hält.

Totenwache –

Sie schlüpft in Wolljacke und Socken, geht ans Fenster: der neue Tag wird klar sein, die Wiesen sind gefroren; ein kalter, klarer Wintertag!

Sie zieht den Fensterflügel näher heran, fixiert ihn so, dass nur ein winziger Spalt offen bleibt für frische Luft; sie geht ins Wohnzimmer, zündet auf dem Tisch die Kerze wieder an, schaut zu Lino –

Heute gegen Abend werden deine Kinder hier sein! Um vierzehn Uhr, sagten sie, landen sie in Hamburg, und nehmen von dort einen Mietwagen.

Ursina geht in die Küche, bereitet sich ihren Morgenkaffee, kehrt zurück ins Zimmer, setzt sich in den Sessel, Blick zu Lino im Sarg. Sie umschließt die Tasse mit ihren Händen, wärmt sich daran.

Abends spät noch Linos Anruf, er sei in der Nähe, habe was zu tun gehabt in Husum, ob er vorbeischauen könne.

Ihr Schreck dann, als Lino in der Tür stand. Wie bleich er war!

Seit Wochen hatte sie nichts mehr gehört von ihm und ihn im Sommer zum letzten Mal gesehen.

Mir ist entsetzlich kalt, sagte er, kalt bis in die Knochen.

Um Jahre schien er gealtert. Aber sein Lächeln, als er verschmitzt hinzufügte: Fast als ob ich den Tod in mir trüge!

Immerhin, seine Hand auf der Brust verriet: wieder spürte er sein Herz.

Komm rein, sagte sie, heizte den Ofen neu ein, brühte einen Weißdorntee, fragte, ob sie nicht doch einen Arzt rufen sollte.

Auf gar keinen Fall! Morgen bin ich wieder der Alte.

Lino, auf dem Sofa, mit Blick zum Ofen, in dem das Feuer zu prasseln begann. Sie reichte ihm den Tee und breitete eine Decke über ihn; ob sie ihm, noch einmal wieder, die Füße massieren solle wie damals. Seine Antwort, halb skeptisch, halb zutraulich: Ja, wäre nicht schlecht!

Während sie ihm die Füße massierte, fielen ihm die Augen mehr und mehr zu.

Bist du sicher, dass du heute Nacht noch zurück nach Schleswig fahren musst?

Nicht zwingend – falls du mich, nur für diese eine

Nacht, bei dir behältst, und mich, noch einmal wieder, wärmst.

Linos letzte Nacht –

Hätte sie nicht doch erkennen müssen, wie es um ihn stand?

Ursina schaut zum Sofa hinüber – als ihm endlich warm war und sie ihn, im Bett, noch einmal wieder bis an die Nasenspitze zugedeckt hatte und ihn anschaute im Dämmerlicht –, die Lampe neben dem Bett hatte sie nicht gelöscht, sondern ein Tuch darübergelegt, damit sie ihn sehen könnte, falls etwas wäre in der Nacht – hat sie wirklich so weit gedacht? Als sein Atem regelmäßig ging und fast unhörbar wurde, nur einmal noch ein Seufzer, war sie sich sicher: er ist tief in den Schlaf gesunken, und morgen ist er wieder der Alte.

Ursina schaut zu Lino im Sarg: sein Profil, die schöne Nase beinah spitz jetzt, die Augenhöhlen tiefer als sonst – als sonst?

Dass es die letzte Nacht deines Lebens war!

Lino, warum, nachdem du so lange nichts mehr von dir hast hören lassen, warum bist du wieder aufgetaucht? Bist du gekommen, um noch einmal wieder wegzugehen, dieses Mal für immer – wolltest du es so?

Er müsse doch mal schauen, wo sie so lebe, sagte er, als er zum ersten Mal zu ihr kam; und wie er nun sehe: hinter dem Deich! Er sagte es, verschmitzt lachend; und fing plötzlich heftig zu husten an, mitten ins Lachen hinein.

Der Husten war hart und spitz und scharf. Als er ausgehustet hatte, sagte er:

Eine Bronchitis, nichts weiter; wird schon wieder werden!

Sie bot ihm Tee an: Thymian und Salbei, um den Schleim zu lösen, mit Honig und Zitrone, das wird dir guttun!

Wenige Tage später tauchte er wieder auf, wieder seinen Zustand herunterspielend. Verschleppte Grippe, das werde sich geben; lästig sei nur die Enge in der Brust, die mache ihm das Atmen schwer.

Von seinem Herz wusste sie damals nichts; nur was sie sah: dass er erkältet und fiebrig war.

Leg dich aufs Sofa, ruh dich aus, und falls du einverstanden bist, mach ich dir feuchte Wickel um die Waden, um die Hitze vom Kopf abzuleiten; ich kann dir auch die Füße massieren, wenn du willst.

Und während sie damals seine Füße massierte, plötzlich war sie wieder da gewesen: die fraglose Nähe; als ob sie nie zerstört worden wäre.

Wie erstaunlich vertraut er ihr noch immer war; trotz all der Jahre, die dazwischenlagen.

Ursina schaut zu Lino im Sarg –

Ja, Zufall, dass wir uns noch einmal begegnet sind!

Eigentlich hatte sie zu jenem »Flüchtlingskinder«-Treffen nicht hingehen wollen. Nie ging sie hin, all die Jahre nicht.

Was sie, die längst alt gewordenen Kinder der aus dem

Osten Geflüchteten und Vertriebenen verband und noch immer verbindet: dass es sie bei Kriegsende nach Nordfriesland verschlagen hatte; dass sie in Kasernen untergebracht waren und in ehemaligen Kriegsgefangenen- und Zwangsarbeiterlagern; die Erfahrung der Enge, des Hungers und der Läuse; vor allem aber, dass sie, woher sie auch gekommen waren, aus Schlesien, Ostpreußen, Vorder- und Hinterpommern, »Polacken« und »Russenpack« hießen bei den Hiesigen.

Der Verlust der Heimat verband die Eltern. Solange sie lebten, trauerten sie ihr nach, gleich, ob sie dort Bauern oder Handwerker oder Arbeiter gewesen waren, oder Lehrer oder Juristen oder Gutsverwalter. Und sie, Kinder damals, verbindet bis heute, hier im Norden nicht willkommen gewesen zu sein, nicht gewollt, sondern verpönt, ausgegrenzt, beschimpft; besonders in der Schule.

Die Sehnsucht nach Zugehörigkeit – ja, die kennt sie!

Aber der nostalgisch verklärende Blick in die Vergangenheit auf diesen Treffen ist ihr zuwider, als ob dort, wo sie einstmals herkamen, es besser gewesen wäre. Sicher war es nicht besser dort, nur anders.

Außerdem hat sie selbst, knapp ein Jahr vor dem Treck geboren, ja keine eigenen Erinnerungen an die »Heimat«; sie kennt sie lediglich aus Erzählungen.

Zufällig war sie in Husum an jenem Tag, kam am Osterkrug vorbei, wo das Treffen stattfand, schaute hinein – und sah Lino!

Wie und wo er sein Leben gelebt hatte, wusste sie

nicht; vor langer Zeit schon hatten sie sich aus den Augen verloren. Aber als sie eintrat: sofort erkannte sie ihn. Und er sie.

Lino, ihr Beschützer aus Kindertagen, ihr erster Liebhaber dann, und jetzt, im Alter –

Wie gut, Lino, dass wir uns noch einmal wiedergefunden haben! Und dass wir uns auch als Mann und Frau noch einmal begegnet sind!

Nach jenem Treffen in Husum erzählte Lino, dass er vor kurzem erst wieder deutschen Boden betreten habe, den nie mehr zu betreten, wie er sagte, er sich geschworen hatte.

Solange seine Mutter lebte, sosehr sie ihn auch darum bat, dass er noch einmal käme vor ihrem Tod – er kam nicht. Erst nach ihrem Tod.

Linos Empörung noch immer –

Nicht einen Funken Einsicht hatte die Mutter, nie sich von ihrem Mann distanziert! Keinen Millimeter! Für sie blieb er, trotz aller Schändlichkeiten, die er während des Nationalsozialismus begangen hatte, ein strahlender Held. Selbst dann noch, als Mitte der 50er Jahre aufgedeckt wurde, in was er verstrickt gewesen war. Und trotz all seiner schäbigen Machenschaften auch nach dem Krieg, sie stellte ihr Bild von ihm nie in Frage. Noch nicht einmal, als er sich kurz vor seiner Verurteilung auf dem Dachboden erhängt hatte und sie, seine Frau, mitsamt den damals ja noch sehr kleinen Kindern zurückließ. Sie sah ihn als Opfer, keinesfalls als Täter.

Wie die Mutter in ihren letzten Lebensjahren dachte?

Er habe nicht mehr korrespondiert mit ihr, bis zum Schluss nicht; einen Strich unter die Mutter-Geschichte gezogen habe er, sagte er. Um mich zu retten, musste ich es tun. Ihre Erwartung an mich, den erstgeborenen und einzigen Sohn, hatte mir schier das Rückgrat gebrochen; ein Anspruch, der mich während meiner ganzen Kindheit und Jugend in permanentem, diffusem Schuldgefühl gefangen hielt. Davon musste ich mich befreien. Die Mutter existierte nicht mehr für mich. Nein, Reue, Versöhnung und all so was, davon halte ich nichts.

Aber du haderst ja noch immer mit ihr; trotz deines endgültigen Bruchs.

Linos Lächeln dann –

Ja, dein Lächeln, in das du dich einhülltest und zurückzogst und schwiegst.

Einmal noch später kam Lino darauf zurück: Du hast recht; trotz aller räumlichen und sonstigen Trennung bin ich die Mutter nie ganz losgeworden. Und übrigens auch den Vater nicht.

Linos Erzählung vom Vater –

Der hat aus mir machen wollen, was er selbst nicht war: einen Rittmeister! Er war nichts weiter als ein Landwirt, ein studierter Landwirt, mehr nicht. Aber gutaussehend war er, als er jung war, das zeigen die Fotografien, und eloquent; ein Draufgänger; ein Karrierist, oder eigentlich ein Hochstapler. Trotz seiner bescheidenen Herkunft – sein eigener Vater war nur mittlerer Staatsbeamter in Königsberg – schaffte er es, in eine schlagende Studentenverbindung aufgenommen zu werden.

Die Schmisse auf Vaters Wange – Narben als Zierrat! Wie sehr mich geschaudert hat, wenn ich Vaters Wange küssen musste, sagtest du.

Aber diese Verbindung eröffnete ihm, dem forsch auftretenden, von sich selbst überzeugten Agronomie-Studenten, den Zugang zu den höheren Gesellschaftskreisen. Einer seiner Corpsbrüder, er hieß Lino und stammte aus schlesischem Adel, wurde sein bester Freund, und später sein Schwager; und dann eben auch der Pate von seinem Erstgeborenen – Lino.

Als Landwirtschaftsberater vom Kriegsdienst befreit, da in sogenannt kriegswichtiger Funktion zur Sicherstellung der Ernährung von Volk und Heer unverzichtbar, war er oft wochenlang unterwegs auf den Gütern im Osten – wo die Gutsherrinnen, während ihre Männer an der Front waren, das Regiment führen mussten, und zusehen, wie sie, männerlos, klarkamen; was ihm, dem forsch-charmanten Landwirtschaftsberater, doppelt entgegenkam.

Und wenn er dann von seinen Touren zurückkam, spielte er sich zu Hause auf als Gutsherr – auf dem Gut, das seine Frau in die Ehe gebracht hatte; ein kleines Gut, kaum mehr als ein besseres Gehöft mit ein paar Leuten dazu. Er marschierte durch Haus und Hof und über die Felder, um, wie er es nannte, nach dem Rechten zu sehen. Und außerdem machte er seiner Frau jedes Jahr ein Kind, eins nach dem anderen – für den Führer! Leider zeugte er immer nur Töchter, bis auf den einen, den Erstgeborenen – der stehen musste für all die anderen nicht gezeugten Söhne.

Du sagtest, der Vater habe dich, wenn er zurückkam, mit der Reitgerte gezüchtigt, jedes Mal wieder; immer gab es einen Grund.

Zum ersten Mal nicht mehr mit der flachen Hand, sondern mit der Gerte auf den nackten Hintern geschlagen hat mich der Vater, nachdem ich im Salon versehentlich an ein Tischchen gestoßen war, auf dem eine chinesische Vase stand.

Noch sehe ich mich im Spiegel, vor dem die Vase eben grade noch stand, fühle noch den Schreck, der mir in die Glieder fährt, als die Vase ins Wanken gerät und zu trudeln beginnt – diese endlose Sekunde, bis das kostbare Stück aufschlägt und zerschellt, in tausend Stücke zerspringt! Im Spiegel seh ich noch immer den Jungen, der ich war und doch nicht war. Und spüre noch die Welle von Schuldgefühl, die mich überrollt, gepaart mit lähmendem Schreck und panischer Angst. Die entsetzliche Ohnmacht dann, und der Selbsthass. Aber das Schlimmste war, dass aus dieser Züchtigung eine ritualhafte, fast schon lustvolle Pein wurde, jedes Mal wieder.

Als der Vater zum ersten Mal mit der Gerte zuschlug, muss ich, sagtest du, vier, höchstens fünf gewesen sein; denn als ich sechs Jahre alt wurde, waren wir schon nicht mehr in Schlesien.

Nein, die Mutter, für die Not ihres Sohnes blind

und taub, schritt nicht ein dagegen. Auch nicht, wenn er nach der »Abreibung« draußen in der Diele sitzen musste und Zeitungen zurechtschneiden, Toilettenpapier in Kriegszeiten, so dass alle Leute, die vom Feld kamen, ihn sahen in seiner gnadenlosen Erniedrigung. Die Zwangsarbeiter aus Polen, Weißrussland und der Ukraine, die, als Angehörige minderwertiger Rassen, die Peitsche des Vaters ebenfalls kannten, alle gingen sie an ihm vorbei, wenn er dort mit dem Zeitungsbündel saß und schnitt und schnitt. Kein einziges Mal sei die Mutter vorbeigekommen, um ihn wenigstens zu trösten oder aufzumuntern oder ihm vielleicht etwas zuzustecken, wenn sie ihn schon nicht befreien konnte.

Sie war ein Monster!

Einmal, ich war noch sehr klein und wollte Schutz suchen bei ihr, mich vor dem Vater verstecken, aber sie hat mich nicht nur nicht beschützt, sondern gelacht – gelacht über ihren Sohn in seiner Angst! Du bist doch ein Junge, du willst doch groß und stark werden wie dein Vater!

Ursina trinkt den kalt gewordenen Kaffee.

Wie gut, dass denen nicht gelungen ist, dir deine Zartheit ganz auszutreiben!

Die Koinzidenz aber, die Zufälle, die uns immer wieder zusammenführten, und wieder auseinander und wieder zusammen –

Ursina steht auf, bringt die leere Tasse in die Küche, geht durchs Schlafzimmer ins Bad, unter die Dusche – unsere

Geschichte ist eine Geschichte, so lang wie unsere Leben!

Ursina nimmt das Frottétuch von der Heizung, wickelt es sich um – eine Geschichte voller Unterbrechungen.

Ursina schlüpft in ihre Kleider, bürstet sich das Haar, steckt es hoch – eine Geschichte, die in Niederschlesien beginnt und bis hierher an die Westküste führt.

Ursina betrachtet ihr Gesicht im Spiegel, das weiß gewordene Haar – dir gefiel es, ohne Farbe; das Alter, sagtest du, es ist doch so was von egal; nein, nicht egal, in Ordnung ist es, so sagtest du. Und jetzt?

Ursina cremt sich das Gesicht ein, zieht mit dem Kajalstift den Augenlidstrich – auch Schminken fandest du überflüssig.

Ursina wirft sich ein Wolltuch um, geht in die Küche, setzt Wasser auf, blickt aus dem Fenster: Die Sonne mit ihrem winterlich diffusen Licht zaubert feines Geglitzer auf die Raureifwiesen, und im Garten lange Schatten von den Büschen und Bäumen.

Dass es wirklich so ist, dass unsere Geschichte jetzt zu Ende ist –

Das Wasser kocht, Ursina gießt es übers Teekraut, nimmt die Kanne mit hinüber ins Zimmer, stellt sie auf den Tisch, einen Becher dazu, tritt an den Sarg:

Lino, warum! Warum ist es so –

Ursina spürt, wieder drängen Tränen hoch im Hals; sie schluckt sie runter, schnäuzt sich, atmet tief durch und hört von der Diele her leises Winseln – Tigor!

Sie öffnet die Tür spaltbreit, Tigor erhebt sich von seiner Decke, schüttelt sich, kommt ihr entgegen und wedelt heftig mit dem Schwanz; sie streicht ihm mehrmals über Kopf, Ohren und Hals; er legt seine Schnauze an ihren Oberschenkel.

Ja, du guter alter treuer Freund! Ein bisschen Geduld musst du noch haben.

Ursina, zurück im Zimmer, setzt sich wieder in den Sessel, schaut wieder zu Lino hin.

»Russenbalg«, damit fing es an!

Russenbalg schreiend rannten die Kinder hinter ihr her und versuchten, sie an den Haaren zu zerren. Wie fast alle Mädchen vom Land damals trug sie es zu langen Zöpfen geflochten, nur dass ihre Zöpfe nicht blond waren, sondern dunkelbraun.

Polackenbrut und *Russenpack* schrien sie hinter allen her, die nicht ursprünglich aus Nordfriesland waren. Kaum jemand schritt ein dagegen. Auch die Lehrer nicht; wenn die Flüchtlingskinder auf dem Schulhof drangsaliert und gepiesackt wurden und nicht mitspielen durften, schauten die einfach weg.

Warum sie hinter ihr her schrien? Ihr Vater war doch, wie die Väter so vieler Kinder, als Soldat an der Ostfront gefallen; so hatte es ihr die Mutter erzählt. Dass dem nicht so war, erzählte die Mutter erst kurz vor ihrem Tod.

Damals auf dem Schulhof, sie war Erst- oder Zweitklässlerin, als sie, von der schreienden Kindermeute gejagt, um ihr Leben rannte – plötzlich, aus dem Nichts heraus, tauchte ein großer Junge auf, trat zwischen sie und ihre Verfolger, schnappte sich einen und schüttelte ihn: Lass das, du eingeborenes Balg!, und schubste ihn zur Seite; worauf die Kinder auseinanderstoben.

Lass das, du eingeborenes Balg – immer wieder sagte sie es sich vor; und immer in den Pausen schaute sie nun, ob sie ihn, zwischen all den anderen großen Jungen, sehe. Dass er da war, auf dem Schulgelände irgendwo, es genügte ihr; sie fühlte sich sicher.

Lino, dass du mich in meiner Not gesehen hattest, mich rausgehauen und zu mir gestanden!

Von da an, Lino, warst du meine heimliche Liebe! Meine erste große Liebe. Kinderliebe.

Aber bereits im nächsten Schuljahr warst du verschwunden; aufs Gymnasium nach Heide gewechselt.

Damals verlor ich dich zum ersten Mal.

Ursina steht auf, tritt an den Sarg heran – wie weit entfernt Lino schon ist!

Keine Regung, kein Augenlidzucken. Nichts.

Nie sah sie ihn so, auch nicht im Schlaf.

Nur Blässe. Wächsern, steinern fast.

Alles Lebendig-Persönliche im Gesicht ist schon verschwunden.

Als ob er, der hier liegt, nicht Lino sei, nichts gemein hat mit dem, der eben noch lebte.

Was für ein Ernst von ihm ausgeht! Ausgeht von dem, was noch da ist von ihm. Hülle nur noch – wie ein abgetragener Mantel, den er, unbrauchbar geworden, zurückließ, bevor er grad eben aus der Tür ging.

Ursina schaut aus dem Fenster –

Dass du nie mehr zurückkehrst, Lino, ist es wirklich so?

Ursina sieht, der Tag ist wunderbar hell jetzt. Sie sollte rausgehen mit Tigor.

Sie steht und schaut, und wieder fragt sie sich: Hätte sie, als Lino zu ihr kam vor drei Tagen, seine Atemnot doch mehr beachten sollen?

Nein, sagte er, da ist nichts weiter, nur ein bisschen eng in der Brust ist mir, das kenne ich; außerdem habe ich ja die Medikamente.

Ob er die wirklich einnahm noch am Abend?

Lino, was brachte dich her zu mir an dem Abend?

Lange hatte sie nichts mehr gehört von ihm, mehrere Wochen, und ihn seit dem Sommer nicht mehr gesehen – verstummt und verschwunden warst du.

Was aber suchtest du hier, als du wiederkamst?

Wie wenig sie weiß von ihm!

Lange wusste sie nicht einmal, dass ihre Mutter bei seiner Mutter gedient hatte. Nur dass sie als junges Mädchen in Stellung war auf einem Gut in Niederschlesien, und dass sie, weil sie sich in der Küche geschickt anstellte, zur Köchin in der Leuteküche avancierte. Nur das hatte ihr die Mutter erzählt, den Namen des Gutes aber nie genannt.

Dass sie dort gehen musste, weil sie schwanger war, erzählte sie ihr erst kurz vor ihrem Tod; schwanger von Tomasz, einem polnischen Zwangsarbeiter, mit dem sie sich heimlich traf.

Irres Glück, sagte die Mutter, dass die Gutsherrin sie wegen der »Rassenschande« nicht anzeigte, was womöglich sogar KZ bedeutet hätte. Einfach nur weggeschickt worden sei sie. Und im Dorf dann habe sie sich einen Ring an den Ringfinger gesteckt, sich als verheiratet ausgegeben mit einem, der an die Front musste, und schließlich das Kind geboren: Ursina.

Linos Mutter, so gnadenlos, wie sie zu ihrem Sohn war, warum zeigte sie die junge Schwangere nicht an, lieferte sie nicht aus?

Einmal noch haben die beiden, Herrin und Köchin, sich gesehen, unterwegs auf dem Treck nach Westen. An einem bitterkalten Januarabend, irgendwo hinter Görlitz, suchten Frauen, Kinder und Alte Unterschlupf für die Nacht und drängten sich in einen Schober. Da plötzlich, erzählte die Mutter, habe sie die Gnädige Frau wiedergesehen; mit einem nur wenige Wochen alten Säugling im Arm. Sie grub sich eine tiefe Mulde ins Stroh, legte sich hinein mit dem Säugling, ihr Sohn musste sie mit einem Mantel zudecken und sich darauflegen; und falls Russen kämen, sollte er sich als mutterlos ausgeben, allein unterwegs mit seinen Schwestern, die eng aneinandergedrängt um ihn lagen. In jener Nacht, sagte die Mutter, kamen die Russen nicht, endlich einmal schliefen wir alle sehr tief, aber am nächsten Morgen: das Kind im Arm der Gnädigen war so blass und so schwach, als ob es nicht leben wollte.

Nein, gesprochen habe sie nicht mit der Gnädigen – was hätte sie ihr sagen sollen! Schon gar, da ihr eigenes Kind, obwohl klein und zart und nur wenig älter als das der Gnädigen, gelacht und geschäkert habe mit jedem, der sich ihm zuwandte; und manchmal sogar mit seinem Strahlen den einen oder anderen Russen abgehalten.

Diese Situation, sagte Lino, erinnere er nicht; zu oft auf dem Treck war es so oder ähnlich, dass er sich, die Mutter schützend, auf sie legen musste, in einem Stall, im Wald, wo auch immer sie Unterschlupf fanden.

Aber an den Tod der jüngsten Schwester erinnertest du dich: Sie ist unterwegs erfroren. Ihr winziger Leib, starr und steif, die Mutter legte ihn einfach ab am Straßenrand. Keine Sekunde blieb sie beim toten Kind stehen, schaute auch nicht zurück, als sie wieder auf den Wagen stieg, in dem wir, ihre anderen Kinder, saßen; sondern gab dem Alten auf dem Bock mit einem Kopfnicken zu verstehen, dass es weitergeht, westwärts. Von da an: kein Wort mehr über Linda.

Dass du deiner Tochter den Namen Linda gabst!

Ja, ich wollte, dass sie weiterlebt in ihr.

Ursina spürt, der Hunger kehrt nun doch zurück; ein heftiges Grummeln in ihrem Bauch; sie muss wieder essen. Drei Tage konnte sie es nicht. Und dann muss sie raus!

Das Frühstück in der Küche – wie Lino es mochte: Joghurt mit einer Handvoll Crunchy und Waldhonig. Der Buchweizenhonig in Kanada soll sehr viel weniger süß sein, fast karamellartig, und intensiver im Geschmack.

Dass Lino, zurück in Europa, sich nicht auch vom Nescafé verabschiedet hat! Der scheußliche Nachgeschmack; und erst recht beim Küssen danach.

Ihn störe es nicht. Außerdem sei der Nescafé doch so praktisch.

Lino der Kanadier –

Am Morgen bei Lino, wenn er Kaffee ans Bett brachte, Nescafé mit Milch – besonders mochte sie, wenn er, nachdem er ihr den Kaffee hingestellt hatte, sich noch einmal wieder neben sie legte.

Die langen Morgen im Bett, die endlosen Gespräche – manchmal schliefen sie wieder ein, oder sie liebten sich noch einmal wieder; oder lasen sich vor. Sie las ihm die Russen vor, Čechov, Turgenjev, Lermontov, auch Puschkins *Reise nach Arzerum*.

Ganz zu Beginn ihrer neuen alten Liebe las auch er ihr einmal vor; aus *Joseph und seine Brüder* las er den Prolog im Himmel und dann jene Stelle, wo Jakob Rahel am Brunnen findet und sie erkennt als die, die *seines Herzens Schicksal ist, die Braut seiner Seele, um deren Augen er dienen sollte 14 Jahre. Er war am Ziel.*

Lino sagte, Thomas Mann habe ihn nach Kanada begleitet, auch Hofmannsthal; den Anschluss an die neuere europäische Literatur habe er verpasst, und heute, wenn er mal reinschaue in irgendwas Neues, erscheine es ihm nichtssagend; narzisstische Selbstbespiegelung, die ihn langweile.

Sie hingegen langweilt sich bei Thomas Mann meistens; überrascht aber war sie, dass er ihr, kaum hatten sie sich wieder gefunden, jene Stelle vorlas. So viel Vertrauen! Und welche Zuversicht!

Ansonsten lag ihm Fachliteratur näher, die zur Biologie vor allem, aber auch historische und philosophische, und ganz besonders interessierten ihn fächerübergreifende Schriften. Denn an die Realität kommt Fiktion nicht heran, das Leben in seiner Vielfalt wird von ihr nicht annähernd erfasst – so Lino.

Die Russen immerhin ließ er gelten. Ihrerseits verstand sie seine Faszination der Comics nicht. Neben seinem Bett die Hefte, ein ganzer Stapel, zugegeben, manche sehr gut gezeichnet – Lino sagte, inzwischen könne er, wenn er allein sei, nicht mehr einschlafen, ohne immerhin ein paar Seiten davon konsumiert zu haben.

Ob Lino damals in Hamburg schon Comics las?

Wie jung sie waren damals in Hamburg!

Auf einer Party hatten sie sich getroffen und festgestellt: sie kennen sich schon aus Kindertagen; und fast sofort wurden sie ein Liebespaar.

Lino, ihre erste wirkliche Liebe.

Eine Liebe, die sie durch die Tage trug damals, als sie ihr heilpädagogisches Praktikum absolvierte und dann die Ausbildung begann.

Sicher hatte Niederschlesien, ihre gemeinsame »Heimat«, unterschwellig mitgewirkt. Was sie aber vor allem verband, war die Frage, die sie, von unterschiedlichen Standpunkten ausgehend, beide umtrieb: Wie sehr sind die Vorgaben aus Vererbung und Sozialisation bestimmend, wie weit legen sie den Einzelnen fest? Ist selbstbestimmtes Handeln nur Illusion, oder wäre doch möglich, die Siege der Eltern rückgängig zu machen?

Ja, die Frage ihrer Generation! Wie ist mit der Schuld umzugehen, die die Nazi-Elterngeneration ihnen aufgebürdet hatte? Wie wäre ihr zu entkommen, ohne neue Schuld auf sich zu laden?

Darum habe er Biologie studiert, sagte Lino, um zu erfahren: Wie kommt Neues in die Welt. So jedenfalls sehe er es heute. Woher kommt es, das Neue? Schafft wirklich nur der Zufall Neues – was auch immer Zufall sei –, oder ist doch auch möglich, ihm die Tür zu öffnen?

Lino war damals, als sie sich fanden, nun als Liebespaar, schon ziemlich fortgeschritten in seinem Studium und schrieb an einer Arbeit mit der These: Der Nützlichkeitsgedanke im Sinn der darwinistischen Evolutionstheorie reicht nicht aus, um die Vielfalt der Erscheinungsformen des Lebens zu erklären.

Diese Arbeit brachte ihn nach Basel, zu Adolf Portmann, dessen unorthodoxe Forschungs- und Erkenntniswege ihn begeisterten; und ihn schließlich zu seiner

Dissertation führten, der er den schönen Titel gab *Das offenbare Geheimnis der Phänomene.* Kausalität allein genügt nicht zu ihrer Erklärung, so sein Ansatz.

Einem Mantra nicht unähnlich, hatte er damals über seinem Arbeitstisch den Satz hängen »Das Geheimnis des Lebens offenbart sich in seiner vielfältigen Erscheinung, und gleichzeitig verbirgt es sich darin«.

Lino sagte, in der Genetik gelte mehr als sonst irgendwo: Das Streben des Lebens nach Vielfalt schreckt vor keiner Möglichkeit zurück, sich selbst immer wieder neu zu interpretieren, immer wieder neue Varianten hervorzubringen, neue Spielarten, aus Zufällen geboren – woraus folge: das Leben ist zwar, ansatzweise, verstehbar, aber beherrschbar ist es nicht. Denn es sitzt, aller genmanipulativen Eingriffe zum Trotz, am längeren Hebel. Kapitales Missverständnis dabei sei, dass der manipulierende Mensch sich mit Schöpferallmacht begabt wähnt und sich selbst außerhalb des großen ganzen Zusammenhanges meint stellen zu können. Die Realität aber ist: der Mensch ist und bleibt Teil des Ganzen. Unsere Chancen, unsere Möglichkeiten liegen innerhalb des Systems.

Linos Emphase, wenn er davon sprach! Wenn er sagte: Die DNA-Festlegung ist zwar fix, aber von den circa 50000 Genen des Menschen sind nur ungefähr 30 Prozent kodiert, die anderen 70 Prozent sind frei; wohingegen, zum Beispiel, der Reis mit seinen 30000 Genen zu 95 Prozent festgelegt ist. Lange seien die nichtkodierten Gene fälschlich als Ausschuss gesehen worden, erst neuerdings werden sie erkannt als frei verfügbar. Verfügbar wofür?

Für alles, was an Eigenschaften und Fähigkeiten neu erworben werden könnte. Darin liegt unsere Chance! Mehr Spielraum gibt es nicht, genetisch betrachtet, aber so viel doch immerhin!

Sein wunderbares Lachen, wenn er davon sprach, erstaunt und spitzbübisch zugleich.

Das ist das Tor zum oft beschworenen »neuen Ufer« – darin stimmten sie, neben aller erotischen Attraktion, fraglos überein.

Und die hübsche Geschichte, die er dazu erzählte: Ein indischer Weiser, der von einem Schüler nach dem freien Willen gefragt wird, sagt: Stell dich auf ein Bein! Der Schüler tut es. Dann sagt der Meister: Und jetzt zieh auch das andere Bein noch hoch!

Für sie als angehende Heilpädagogin waren die Gespräche mit Lino ausgesprochen wichtig. Sie öffneten ihr den Blick für die jeweils persönliche »Spielart« der allgemein typischen Krankheitssymptome, wie variiert sie das einzelne Kind.

Vorurteilsfreies, unbefangenes Fragen, um zu neuen Erkenntnissen vorzustoßen, nicht behindert, aber gestützt von Vorwissen; staunendes, sich hingebendes Wahrnehmen der sich vielfältig offenbarenden Welt – ja, darin waren sie sich einig.

Was sie trennte: die Frage nach der persönlichen Entscheidung.

Ihr als Heilpädagogin reichte nicht, diese oder jene typischen Symptome am Kind zu erkennen und die Persönlichkeit zu suchen anhand der jeweiligen Spielart, sondern Therapien galt es zu initiieren, die das Kind unterstützen und fördern könnten in seiner behinderten Persönlichkeitsentfaltung. Entscheidungen müssen getroffen werden, damit etwas in Gang kommt.

Damals, als sie direkt nach der Ausbildung von Hamburg nach Eckernförde zog und mithalf, eine Heilpädagogische Schule aufzubauen, war sie sehr sicher, dass und wie die Welt veränderbar sei: durch die Arbeit an der Basis – mit den Kindern, den Eltern, den diversen Ämtern und den Ärzten.

Die vielen Jahre als Klassenlehrerin – ja, sie hat es gerne getan.

Schwierig von Anfang an war einzig die Zusammenarbeit mit den Kollegen. Weil die Machtfrage im männlich dominierten Kollegium nie geklärt wurde, nur immer weiter schwelte; was diverse Mitarbeiter zur Strecke brachte; vor allem Frauen, die in den wöchentlichen Konferenzen kein Gehör fanden, sich nicht durchsetzen konnten; die in Tränen ausbrachen und entweder verstummten oder die Schule verließen.

So wie auch sie selbst! Nach dreißig Jahren Mitarbeit hatte sie gekündigt. Wegen Lewis. Er, der, noch in der Ausbildung, bei ihr in der Klasse assistierte, war der Auslöser, der Tropfen, der das Fass zum Überlaufen brachte. Von den Kollegen, die das Sagen hatten, wurde ihm mangelhafte Kenntnis der theoretischen Grundlagen vorgehalten. Seine phänomenale pädagogische Begabung ließen sie nicht gelten, seine Fähigkeit, die Schüler zu begeistern für alles, was im Unterricht anstand, aber auch fürs Tischdecken und sogar fürs Aufräumen. Lewis war ein pädagogisches Naturtalent, speziell begabt fürs Theaterspielen mit den Kindern, auch mit autistischen. Er versuchte nicht, die Zwänge zu durchbrechen oder aufzulösen, sondern nahm sie fraglos hin, respektierte und integrierte sie spielerisch, eben auch beim Rollenspiel.

Die theoretische Auseinandersetzung mit dem Phänomen Autismus interessierte Lewis kaum; er verweigerte sie mehr oder weniger. Was es dem betroffenen Kind bringe, nach der gefühlskalten Mutter, der sogenannten Kühlschrankmutter zu fragen. Das damals gängige Klischee, das später widerlegt wurde durch eine neuere Studie, die einen Zusammenhang zwischen dem Alter des Vaters und dem Autismusrisiko des Kindes feststellte, gab ihm den Mut zu seiner Argumentation, dies müsse Gegenstand der Forschung sein. Die Pädagogik beziehungsweise Heilpädagogik könne dann die Ergebnisse zur Kenntnis nehmen und in ihre Arbeit einbeziehen, soweit sie sich als brauchbar erwiesen.

Linos Faszination, als er in einer seiner Fachzeitschriften vor nicht allzu langem einen Artikel fand, aus dem er ihr vorlas: Die Evolutionsbiologie diskutiere einen neuen Erklärungsversuch, ob Autismus möglicherweise einen Teil der biologischen Vielfalt darstelle und welche Mutationen in der Entwicklungsgeschichte des Menschen dazu geführt haben könnten. Er las ihr vor, in einem Kinderkrankenhaus in den USA hätten Wissenschaftler auf bestimmten Chromosomen von Menschen mit Autismus genetische Variationen identifiziert, bei denen einzelne Basenpaare der DNA, die bei der Entwicklung des Frontallappens eine Rolle spielen, verändert waren – jene Hirnregion also, die unter anderem für Sozialverhalten bedeutsam ist. Bei Autismus könne es sich möglicherweise um genetische Variationen handeln.

Genetische Variation – Linos Zauberwort!

Damals, als Lewis mit Rausschmiss gedroht wurde, hatte sie sich den Kollegen heftig widersetzt. Ihr seid schlimmer als eure Väter! Ihr haltet wie sie an eurem Regelwerk fest; dessen grundsätzliche Einhaltung ist euch, typisch deutsch, wichtiger als der eine einzelne Mensch! Ja, sie sagte »typisch deutsch«, und fühlte sich, absurd genug, im Recht dazu mit ihrem polnischen Vater im Rücken. Wenn Lewis gehen muss, dann, sagte sie, geh auch ich!

Das verständnislos ungläubige Lachen um sie herum, doppeldeutiges auch; und die Bemerkung des Ober-Chauvinisten im Kollegium: Ob es sein könnte, dass sie sich für den jungen Briten mit dem dunklen Lockenschopf auch noch aus anderen Gründen als nur fachlichen so stark einsetze.

Nein, den Kampf der Geschlechter wollte sie auch nicht mehr im Kollegium ausfechten müssen.

Aber das Bedürfnis nach Zugehörigkeit: Als sie endlich kapiert und akzeptiert hatte, dass die für sie nicht zu haben ist, dass sie nie irgendwo ganz dazugehören wird, und dass sie es nicht versuchen sollte, nicht erzwingen um jeden Preis, auch nicht in dieser Schule, die sie doch mitaufgebaut hatte und in der sie, trotz aller Querelen, sich lange zu Hause gefühlt hatte, ja, zu Hause, da endlich war sie in der Lage zu kündigen; und sich zurückzuziehen – »hinter den Deich«, wie Lino es nannte.

Nein, ihren Weggang hat sie nie bereut.

Lino sagte, ihm sei es ähnlich ergangen. Er habe versucht, sich in die Studentische Linke einzubringen in den 60er und 70er Jahren, als die Revolution in Kürze bevorzustehen schien – vergeblich. Je mehr er sich mit dem Marxismus-Leninismus beschäftigte, umso stärker wuchs seine Skepsis: nach dem nationalsozialistischen nun ein weiteres Gesellschaftsmodell, das so zweifelsfrei Gerechtigkeit und Glück verhieß!

Ein anderes Mal, als sie von ihrer Jugendzeit sprachen, sagte er sogar: Die Ausweglosigkeit, dass der Mensch ist, wie er ist, habe ihn damals in Abgründe gestürzt, zeitenweise sogar bis an den Rand zu echter Suizidgefährdung, so sehr habe ihm das alles zugesetzt. Noch in Basel aber sei ihm schließlich gelungen, mithilfe einer Analyse den Grund seines Konflikts zu erkennen und die Todessehnsucht zu überwinden; woraufhin er den Kontakt zur Mutter komplett abbrach.

Aber sie, war sie taub und blind gewesen, dass sie diese Gefährdung nicht erkannte zwischen dem, was Lino ihr damals schrieb?

Nur dass er, als frisch promovierter Biologe, ein Angebot in der Basler Pharmaindustrie bekommen hatte, wusste sie; und von seinen Skrupeln, als ihm klar wurde: die Forschung ist, entgegen allen Zusagen, nicht ergebnisoffen, was er anfangs geglaubt habe, naiv wie er war.

Wo eigentlich ist die Schachtel mit Linos Briefen von damals?

Vielleicht, wenn sie die heute noch einmal lesen würde, verstünde sie ihn besser in seiner Art.

Die Strecke Hamburg–Basel war damals sehr teuer und sehr lang; und von Eckernförde aus noch weiter. Sie sahen sich nur noch selten. Und in ihren Briefen, so jedenfalls die Erinnerung, erzählten sie sich von den beruflichen Erfahrungen und Erwägungen, je länger je weniger aber von ihren eigenen persönlichen Befindlichkeiten, etwa von Sehnsucht und Verlangen und Trennungsschmerz oder von Skrupeln, Angst und Verzweiflung. Fast unmerklich verloren sie sich aus den Augen, und aus dem Herz. Erst jetzt nach der Wiederbegegnung erfuhr sie, dass er die Arbeit in der Pharmazie bald schon hingeschmissen hatte und nach Kanada ausgewandert war.

Anfangs dort habe er sich als Hauswart durchgeschlagen, dann als Krankenpfleger, und schließlich Arbeit gefunden auf einem Pferdegestüt. Auch die Frau fand er dort, mit der er drei Kinder zeugte. Die er wieder verließ, als es ihm, wie er sagte, zu eng wurde. Was ihm seine Kinder nicht verziehen haben. Lange nicht. Erst als er zurück in Europa war, legten sie, einer nach dem anderen, ihre Verweigerungshaltung ab.

Ursina stellt die Frühstückssachen weg, geht zurück ins Zimmer, tritt an den Sarg, schaut den Toten an – in der Diele macht sich Tigor mit einem jaulenden Winseln bemerkbar.

Die Tränen in deinen Augen, als du vom Rückzug ins Verstummen sprachst! Du sagtest: Stummheit gibt es vielerlei; ein unerwartetes Ereignis verschlägt dir die Sprache, ein Schreck, der mit Worten nicht zu bannen ist, er macht dich sprachlos, ein Abgrund, der mit Worten nicht zu überbrücken ist, ein Wunder, für das es keine Worte gibt, und Glück, das keiner Worte bedarf. Aber der Rückzug ins Verstummen! Du sagtest, Verweigerung des Gesprächs ist passive Aggressivität; sie zwingt die eigene Aggression dem anderen auf. Mit dem Ziel: Ohnmacht des Gegenübers.

Verweigerung als Kampfansage – deine Verzweiflung, als du davon sprachst, dass du selbst diesen Wahnsinn an deine Kinder weitergabst; die es nicht anders hielten, als du es hieltest: Bestrafung der Alten durch Verweigerung. Eine Schuld, die nicht zu tilgen ist, sagtest du. Die Ohnmacht dann angesichts dieser Schuld. Und die Scham –

Ach Lino!

Deine Sehnsucht nach Befreiung vom Druck, »gut« sein zu müssen.

Einfach nur sein wolltest du; wie eine Ameise oder

eine Seeanemone. Nicht mehr der größte Hecht im Teich, nur ein kleiner Fisch. Nicht mehr die Weltherrschaft erringen müssen und die Allverantwortung auf den Schultern tragen. Namenlos sein, unscheinbar wie ein Hund oder eine Rose; und lachend dann sagtest du: Aber dass aus der Rose eine Hagebutte wird, das wäre doch wünschenswert.

Und die Bienen! Du sagtest, sie machen uns vor, wie es funktioniert. Wie individuelles und soziales Verhalten zusammenspielen kann, wie es sich ergänzt und gegenseitig erst möglich macht. In puncto Kooperation sind wir Winzlinge, sagtest du, von Schwarmintelligenz haben wir nicht die mindeste eigene Erfahrung; wir wissen nur, es gibt sie – und lernen nichts! Obwohl das grassierende Bienensterben uns deutlicher als je vor Augen führt: Überleben werden wir nur gemeinsam.

Ursina schaut aus dem Fenster – wie sonnenhell der Tag ist!

Als es, vor Jahren schon, mit dem Bienensterben losging in Kanada, als zwanzig, dreißig, bis vierzig Prozent der Völker jeden Winter starben, sei in ihm die Überlegung gereift, doch nach Europa zurückzukehren. In Kanada werde in der Landwirtschaft über weite Strecken mit genverändertem Saatgut gearbeitet; auf riesigen Flächen bauen sie zu 95 Prozent Soja- und Rapssorten an, die genverändert sind – was Imkerei fast unmöglich mache.

Lino der Imker! –

Er sagte, die Völker hinzustellen, ohne dass Pollen von genmanipulierten Pflanzen im Honig sind, ist kaum möglich, sosehr du dich auch bemühst, sie nur bei Feldern von konventionell, besser noch biologisch wirtschaftenden Betrieben »weiden« zu lassen. Die rücksichtslose Ausbeutung der Böden durch die heutige Agroindustrie ist der Tod der Bienen; nicht dieses oder jenes Pflanzenschutzmittel genannte Gift, oder diese oder jene Milben sind Verursacher des Bienensterbens, sondern der Mensch in seiner Arroganz.

Ursina schaut wieder zum Toten im Sarg –

Lino, dass überhaupt du nach Europa zurückgekehrt bist! Du sagtest, als auch in deinen Bienenstöcken mehr und mehr Völker kollabierten, da stand für dich die Rückkehr fest. Und kaum warst du, nach dem Tod deiner Mutter, zurück in Norddeutschland, was tatest du? Du kauftest dir wieder Bienen! Hast sie gepflegt und gehegt und vermehrt und bist herumgefahren mit ihnen durchs Land, zu den Raps- und den Kleefeldern, zu Lindenalleen und an Waldränder, überallhin, wo es blühte.

Einmal hatte sie ihn bei seinen Bienen besucht – wie bedacht er die Kästen öffnete, um nachzusehen, wie es ihnen geht, väterlich besorgt, und gleichzeitig, fast wie ein Kind, glücklich staunend über das Wunder Bienen.

Und seine Begeisterung, als er im Internet sah, dass zur Zeit ein Film über Bienen gedreht wird.

Wie sehr muss ihn der Verlust seiner Bienenvölker geschmerzt haben, dass er sich zur Rückkehr entschloss, obwohl er doch nie mehr deutschen Boden betreten wollte; und ja auch keine Kontakte mehr hatte.

Einzig mit Ella, der ein Jahr nach ihm geborenen Schwester, hatte er den Kontakt gehalten, so lange sie lebte – sie starb, mit vierzig Jahren schon, an Krebs. Die anderen Schwestern hätten zur Mutter gehalten und waren nicht bereit, sie mitsamt dem verzerrten Vaterbild in Frage zu stellen.

Und doch war ihnen offenbar gelungen, den drei noch lebenden Schwestern und Lino, das Haus der Mutter gemeinsam zu räumen, einvernehmlich. Die Schwestern hätten sich den Schmuck geteilt, das, was noch vorhanden war von dem, was die Mutter damals auf den Treck, eingenäht in die Decken der Kinder, mitgenommen hatte. Das Einzige, was Lino sich erbat, war die Korallenkette mit den kleinen feinen hellorangefarbenen Perlen. Eine Kette, die die Mutter nie getragen habe, weil vermutlich zu unscheinbar.

Aber die Kette hatte eine Geschichte, die Lino gefiel: Einer seiner Urgroßväter soll sie von einer Dienstreise ans Schwarze Meer für seine Verlobte mitgebracht haben, aus dem vorrevolutionären Odessa noch, das wunderschön und sehr reich gewesen sein muss und viel freier als andere russische Städte der Zarenzeit.

Odessa! Allein der Klang dieses Namens! Von Kindheit an schwang darin etwas mit wie Verheißung, sagtest du. Odessa als Sehnsuchtsort.

Ursina fasst sich an den Hals –

Vielleicht ja fahren wir zusammen mal nach Odessa, sagtest du, als du mir die Kette schenktest.

Sie tastet den Perlen entlang zum Schloss, öffnet es, lässt die Kette in ihre Hand gleiten, betrachtet sie, legt sie auf den Tisch neben die Kerze: Heute Abend werd ich sie an deine Tochter übergeben.

Ob auch die Schwestern morgen zur Beerdigung kommen?

Benachrichtigt hat sie sie; aber gehört von ihnen hat sie nichts.

Bestimmt werden sie kommen!

Ursina, noch immer am Sarg stehend, schaut den toten Lino an –

Nein, nach Odessa sind wir nicht gefahren. Noch nicht einmal bis Schlesien haben wir es geschafft. Obwohl das unser beider dringender Wunsch war. Du wolltest die Orte wiedersehen, die Landschaft, an die du dich erinnertest.

Erinnerungen eines knapp Sechsjährigen, der mit dem Land, als er es verlassen musste, auch seine Kindheit hinter sich ließ.

Ursina bläst die Kerze aus, tritt ans Fenster, öffnet einen Fensterflügel, hakt ihn ein –

Lange hatte sie gemeint, sie müsste den Weg des Trecks zurückverfolgen. Müsste den Ort sehen, wo sie gezeugt wurde, jene Hütte im Wald, wo die Mutter sich mit Tomasz traf, Versteck einer verbotenen Liebe; und das Dorf, wo sie geboren ist und ihr ersten Lebensmonate verbracht hat.

Ihr Vorschlag war es gewesen, zusammen hinzufahren. So selbstverständlich und vertraut wie sie beide sich wiederbegegnet seien, könne sie sich eine Reise dorthin vorstellen, ob auch er –

Ursina tritt noch einmal an den Sarg –

So fing es wieder an mit uns beiden!

Du fragtest mich, ob ich mir vorstelle, wenn wir diese Reise zusammen machen, dass wir auch wieder zusammen liegen.

Was für eine Frage! Ja, sie hatte gelacht: Vorstellen kann ich es mir schon, dagegen spricht allerdings, dass ich inzwischen eine alte Frau bin.

Und ich bin ein alter Mann!

Was bekanntlich nicht dasselbe ist.

Dein entwaffnendes Lachen dann. Das Alter, liebe Ursina, es ist doch so völlig egal!

Tigor in der Diele gibt an. Ursina schaut hinaus. Oben auf dem Deich sind Spaziergänger unterwegs; sie blickt zu Lino, der nicht mehr Lino ist –

Jetzt werd' ich mit Tigor eine Runde gehen, und dich lass ich für eine kleine Weile allein.

Tigor steht bereits hinter der Tür, als Ursina die Diele betritt.

Ja, jetzt gehen wir!, sagt sie und schlüpft in die Stiefel, dann in den Mantel, legt sich den breiten, dicken Wollschal um Kopf, Hals und Schultern. Sie nimmt die Leine vom Haken, öffnet die Haustür, an ihr vorbei saust Tigor hinaus ins Freie. Sie ruft ihn zurück, bei Fuß!, und zeigt ihm die Leine.

Sie tritt hinaus, in den hellen, kalten Wintertag, geht durch den Garten, der Hund an ihrer Seite. Beim Tor die Hagebutten der Dünenrosen sind gefroren – es muss, trotz Sonne, viele Grad unter null sein. Oben auf dem Deich lässt sie Tigor laufen. Er saust los, Möwen fliegen kreischend auf.

Die Reise nach Schlesien –

Sie verschoben sie vom Herbst in den Frühling und vom Frühling in den nächsten Herbst, aus immer wieder neuen triftigen Gründen. Und irgendwann dann verging die Dringlichkeit dieses Wunsches. So wie alle Dringlichkeit vergeht mit der Zeit und jeder Wunsch. Aber zusammengelegen hatten sie wieder; die alte Liebe wieder aufgenommen.

Es ist wie heimkommen!, so sagte Lino nach der ersten Umarmung.

Und in seinem ersten Mail sprach er sie an mit: Du Lang- und Alt- und Neu- und Jung-Vertraute! Einmal sogar: Du meine Ergänzung! Und von Ahnung, dass ein neuer Lebenshorizont sich auftue, schrieb er.

Ihre anfängliche Skepsis: Sie wisse nicht, was Liebe sei, habe es nicht gelernt in ihrem langen Leben, und es noch einmal zu probieren fehle ihr der Mut, zu oft sei sie gescheitert.

Aber die Betörung durch die altvertraute, beinahe geschwisterliche Nähe, und das Begehren, aufgemischt von einem fast inzestuösen Kick; das sie einhüllte, als ob sie durch Regen gehe, durch warmen Sommerregen.

Ach, wie zärtlich konnte Lino sein!

Und wie zärtlich er ihr den schönen Namen ins Ohr flüsterte! *Mòj misiaczku.*

Wie eigentlich bist du zu deinem exotisch klingenden Namen gekommen, hatte er wissen wollen. Worauf sie ihm sagte, auf Ursa sei sie getauft, weil sie stark wie eine Bärin sein sollte; so wollte es ihre Mutter, damit der Tochter nicht geschehe, was ihr geschah. Aber weil sie winzig klein war, schon bei der Geburt, ein zartes Kind – in der Krippe, im Kindergarten, in der Schule, immer war sie die Kleinste –, so wurde Ursinchen aus ihr, auch Ursinchen-Rosinchen, und schließlich blieb es bei Ursina; nur in ihrem Pass steht weiterhin der Taufname.

Von da an nannte er sie *Mòj misiaczku,* »Kleine Bärin«.

Tigor kommt hechelnd zurückgelaufen, sein Blick ist fragend – ob er nach Lino fragt?

Ihr beiden habt euch gut verstanden, du und Lino!

Im vergangenen Winter der Spaziergang oben auf dem Deich –

Sie gingen weit und immer weiter, von Nordost pfiff schneidend kalt der Wind, Lino erzählte vom Treck.

Wir saßen auf einem der Wirtschaftswagen vom Gut,

zwei unserer Pferde waren vorgespannt, die uns, was für ein Wunder, unterwegs nicht abgenommen worden sind, wohl auch dank des Alten, der mit grimmiger Miene auf dem Bock saß und Pferde und Wagen nie aus dem Blick ließ; einer unserer Leute, die mit uns getreckt sind, bis nach Nordfriesland. Der Vater hingegen, wie sich dann zeigte, hatte sich im Osten früh schon abgesetzt und Schleswig-Holstein längst erreicht, als wir ankamen.

Vierzehn Tage waren wir unterwegs, von Niederschlesien einmal quer durchs ganze Reich, was unter den gegebenen Umständen damals eigentlich nicht sehr viel ist. Aber in jenen Januartagen, als wir aufbrachen, war es so bitterkalt, zwanzig Grad minus und mehr. Und die Straßen waren so voll. So unendlich viele waren westwärts unterwegs; mit Sack und Pack auf Fuhrwerken und Leiterwagen und allem, was irgend Räder hatte, die Kleinsten und die Alten obendrauf; alle anderen gingen zu Fuß nebenher; ein endloser Zug, der immer wieder ins Stocken geriet, wenn Wehrmachtseinheiten uns abdrängten und überholten. Einmal auch ein Zug erbärmlichster Jammergestalten, die an uns vorbeihasteten, mit stummen, blicklosen Gesichtern, und wenn einer niedersank und liegen blieb und nicht wieder aufstand, drehte sich niemand um nach ihm, keiner blieb stehen und half ihm auf, alle schleppten sich nur immer weiter voran. Und wenn der Hingesunkene sich nicht wieder erhob, hielt die Mutter den kleinsten Schwestern die Augen und Ohren zu und versuchte, uns Größere abzulenken, damit wir nicht sähen, wie der am Boden Liegende erschossen wurde und die Böschung hinab in den Graben gestoßen.

Sehr viel später erst habe er verstanden, dass es KZ-Häftlinge waren, in Richtung Reichsmitte getrieben – sogenannte Evakuierung vor der näherrückenden Front; was bekanntlich Marsch in den Tod bedeutete für sehr viele von ihnen.

Ursina sieht, Tigor, der noch immer neben ihr geht, schaut mehrmals zu ihr auf, sein Blick ist weiterhin fragend –

Nein, Lino kommt nicht mehr mit auf unsere Spaziergänge! Und jetzt, Tigor, lauf! Lauf, solange du laufen kannst!

In der Nacht, als Lino starb, musste Tigor bemerkt haben, dass etwas Außergewöhnliches vor sich ging. Mehrmals wurde sie wach von seinem Winseln, und gegen Morgen einmal war sie so wach, dass sie auf die Uhr schaute: zwanzig nach vier. Tigors winselndes Knurren draußen in der Diele – er träumt einen Hundetraum, sagte sie sich, und schaute zu Lino, der noch immer lag, wie sie ihn am Abend zugedeckt hatte, bis an die Nasenspitze.

Wie er dalag, im gedämpften Licht – nein, ungewöhnlich war nichts, nichts, was Anlass gegeben hätte zur Sorge, oder gar einen Arzt zu rufen. Lino lag nur einfach schlafend da, sein Atmen ging sehr leise und sehr regelmäßig – er schläft sehr tief, sagte sie sich, und morgen wird er wieder der Alte sein.

Und als Tigor kurz danach erneut knurrte, einmal sogar kurz aufheulte im Schlaf, schenkte sie dem keine Beachtung mehr, sondern ließ sich zurücksinken in ihren Schlaf.

Der Tod muss zwischen vier und fünf Uhr früh eingetreten sein, stellte der Arzt am nächsten Morgen fest.

Wenn es drauf ankommt, bemerkt sie es nicht – ist es so?

Mehrmals in der Nacht war sie wach gewesen – und hatte nichts bemerkt!

Aber Tigor! Er nahm wahr, dass etwas vor sich ging.

Der Arzt sagte: So weit draußen wie Sie hier leben, hätte es sehr lange gedauert bis zum nächsten Krankenhaus, bedenken Sie die Schäden, die möglicherweise zurückgeblieben wären. Vielleicht ist es besser so für ihn, und auch für Sie.

Was ist gut, was ist besser?

Ursina geht schneller, schaut sich nach Tigor um; sie sieht ihn nicht.

Wenn schon all die Reisen nicht zustande gekommen sind, so doch die Ausflüge!

Schon bald, nachdem Lino sie in ihrem kleinen Haus hinter dem Deich aufgesucht hatte, um zu sehen, wo sie so lebt, begannen sie mit ihren gemeinsamen Ausflügen durch das Land, das er vor dreißig oder mehr Jahren verlassen hatte.

Sie fuhren der Küste entlang an die Elbe; bei Brunsbüttel an der Schleuse zum Nord-Ostsee-Kanal, bei Brokdorf vorbei an den AKWs – als die Anti-Atomkraft-Bewegung mit den großen Demos begann, war Lino längst in Kanada; nur durch die Nachrichten habe er davon gehört. Angesichts der klobigen Betonklötze vor der im Mittagslicht schimmernden Elbe sagte er: Die Vermessenheit zu glauben, wider besseres Wissen, dass »Störfälle« auszuschließen möglich sei! Als ob Unfälle und Zwischenfälle nicht existierten in allem, was Menschen unternehmen; selbst die unwahrscheinlichsten Zufälle – die, selten genug, sich manchmal auch als Glücksfälle herausstellen.

Ja, sie hatten gelacht über das Spiel mit dem Zufall, und es weitergespielt und sich diverse Varianten ausgedacht auch für ihre eigene Geschichte voller Zufälle. Und schließlich beschlossen, früh dunkel, wie es an jenem Spätherbsttag schon wurde, von Buxtehude und Stade aus nicht noch weiter bis Cuxhaven zu fahren, sondern die Fähre zurück nach Glückstadt zu nehmen.

Die Elbüberfahrt dann! An die Reling gelehnt, standen sie nebeneinander und schauten in den rot goldenen Westhimmel, der sich auf der unbewegten, fast glatten Wasserfläche spiegelte; und Lino legte seine Hand auf ihren Rücken, strich ihrer Wirbelsäule entlang, vom Kreuz bis zum Hals und zurück, sagte: Wie stark dein Rücken ist!

Stimmt, meine Filets sind nicht so zart und fein und schmal wie die Hasenfilets gestern Abend. Und die sauersüß eingelegten Quittenschnitzchen dazu, wie haben dir die eigentlich geschmeckt?

Worauf Lino sein wunderschönes, zärtliches Lachen lachte.

Das Rezept stammt aus Schlesien, von meiner Großmutter.

Deine Schnitzchen mochte ich besonders gerne.

Die aromatischste Quittensorte gibt es in Schlesien, sie heißt –

Jetzt eben meinte ich die anderen Schnitzchen: deine!

Und wieder sein verschmitztes Lachen.

Linos Anspielungen immer wieder, seine Scheu vor den großen Worten.

Und der Ausflug nach Norden: in Niebüll wollte Lino das Schulhaus wiedersehen, wo er eingeschult worden war, und auf dem platten Land dahinter das Gut, auf dem er mit seinen Eltern und Schwestern die ersten Jahre nach dem Krieg verbracht hatte.

Bis knapp vor Kriegsende habe der Vater noch vom Großdeutschen Reich schwadroniert, das demnächst bis in die Weiten Russlands hineinreichen würde, obwohl er, der so viel herumkam, früh erkannt haben müsse, dass der Krieg nicht zu gewinnen war. Jedenfalls habe er sich, wie auch immer, nach Westen abgesetzt, und hinter Niebüll auf dem Gut von entfernten Verwandten seiner Frau eine Bleibe organisiert; so dass ihnen nach dem Treck das Flüchtlingslager erspart blieb.

Nach dem Krieg sei der Vater zwar weniger laut und herrisch aufgetreten, aber nicht minder selbstgerecht; und bald schon mischte er unter der englischen Besatzung in der Verwaltung mit und betrat 1949 bereits die politische Bühne, frei von Selbstzweifeln oder gar Schuldbewusstsein. Lino sagte, der Vater, um sich mit seiner Schuld, die Anfang der 50er Jahre dann doch ruchbar wurde, nicht auseinandersetzen zu müssen, nahm den Strick. Oben auf dem Dachboden hat er es getan – der feige Hund!

Bei Kriegsende war Lino sechs Jahre alt, fünfzehn, als der Vater sich erhängte.

Danach konnten sie unmöglich länger bei den Verwandten bleiben; die Mutter musste nun sehen, wie sie sich und die Kinder durchbrachte. Da sie nicht Kriegerwitwe war, hatte sie keinen Anspruch auf Rente und auch nicht auf Lastenausgleich für das in Schlesien zurückgelassene Gut. In einem Mehrfamilienhaus am Stadtrand von Husum fand sie eine winzig kleine Zweizimmer-Wohnung. Was reines Glück war damals, da ja nach dem Krieg im dünnbesiedelten Schleswig-Holstein fast doppelt so viele Menschen lebten als zuvor. All die Massen von Flüchtlingen aus dem Osten mussten irgendwie untergebracht werden. Die Enge, und dass alles sehr knapp war, sei nicht wirklich schlimm gewesen, sagte Lino, aber dass er die Schule habe wechseln müssen, von Niebüll nach Husum; was hieß: noch einmal Spießrutenlaufen als neuerdings Zugezogener – doppelt fremd.

Die kleine alte Schule steht nicht mehr, ist ersetzt durch einen Neubau. Und das Gut sah ziemlich »unherrschaftlich« aus. Heute leben Alternative dort, alt gewordene Hippies mit Kindern und Kindeskindern, und Federvieh, das auf dem Hof herumläuft; und hinter den Häusern unter Apfel- und Pflaumenbäumen stehen Campingwagen und bunt bemalte VW-Busse. Ackerland und Weiden seien verpachtet an einen Großbauern.

Dem Zufall sei Dank, der dich und auch mich nach Husum verschlug!

Wie sonst hätten wir uns noch einmal wieder gefunden.

Und doch begann Lino schon bald, sich wieder zu entfernen.

Der schöne Titel, den sie ihm gab, erdrückte ihn. In »liebster Freund«, schrieb er, liege eine Erwartung, der er nicht gerecht werden könne.

Linos Zögern und Zaudern, die Unbestimmtheit, das Vage an ihm, das Unentschlossene –

Einmal sagte er beim Anblick von hunderten oder tausenden Gänsen, die sich einer schreienden schwirrenden Wolke gleich über den Feldern zum Abzug sammelten: Das Glück im Schwarm, es müsste herrlich sein!

Und ein anderes Mal, als an der Eidermündung das Sperrwerk bei Tidehochwasser geschlossen war, und Land und Wasser und Himmel ineinander überzugehen schienen, konturloses schimmerndes Glitzern im Gegenlicht, seine Begeisterung beim Anblick dieser Grenzenlosigkeit.

Lino, der nicht eingreift, der die Chance, wie er sagt,

am Schopf nicht packen muss, sondern sie erwarten will.

Aber der eben auch sagte, als sie, aus Eckernförde kommend, über Schleswig zurückfuhr und bei ihm einen Überraschungsbesuch machte: Ich fühle mich ein bisschen überrumpelt, aber komm halt rein!

Nie mehr dann besuchte sie ihn unangemeldet.

Ursina zieht sich den Shawl enger um Kopf und Hals, und plötzlich, im Gehen, lacht es aus ihr heraus –

Lino, du sagtest doch, alle Erfahrungen, alle Freude, aller Schmerz, alles bleibt erhalten – als Schatz. Nichts im Leben geht verloren, so sagtest du. Und mit deinem verschmitzten Lachen: Auch alle Lieben, die wir je geliebt haben, sie alle gehören dazu, sie alle sind mit drin – in der Schatzkiste.

Du in meiner Schatzkiste?

Das Lachen, es lacht und lacht aus ihr heraus, befreiend und schmerzhaft zugleich.

Was aber, wenn ich, gegen deinen dezidierten Willen, den Arzt am Abend doch gerufen hätte?

Vielleicht wärst du nicht tot jetzt, lägst du nicht in der Kiste!

Lino, wolltest du es so? In die Kiste –

Ursina kann das Lachen nicht stoppen, es schüttelt sie, droht, sie zu zerreißen; sie spürt, es kippt, das Lachen, und tritt eine Wut los, eine ohnmächtige, verzweifelte Wut, die aus ihr herausbricht und sie umzureißen droht.

Lino, du wolltest wissen, wie das Neue in die Welt kommt – ja, wie! Wie! Wie denn kann Neues entstehen, ohne dass du mit den Schätzen wucherst, die du eingefahren hast.

Ursina spürt, Tränen schießen ihr in die Augen. Nein, sie will sie nicht mehr zurückhalten! Sie kann es nicht mehr.

Warum? Warum ist es so, wie es ist? Warum!

Es heult und weint und schreit aus ihr heraus –

Was denn bringt dir der Schatz, wenn du ihn nur hortest, betrachtest und bestaunst!

Ursina wischt sich mit den Handschuhen übers nasse Gesicht, mehrmals –

Das wär's doch gewesen, das Neue, den Schatz heben, sichten und, ja, ihn ummünzen!

Ursina zieht ein Taschentuch aus der Manteltasche, schnäuzt die Nase frei – und schaut übers gefrorene Land und hinaus aufs Wasser; die Tide ist hoch jetzt.

Das also ist, was wir aus unserer Geschichte gemacht haben! Das vielbeschworene Neuland –

Lino, so viele Male bist du in mein Leben getreten und bist wieder verschwunden daraus – und jetzt? Bist du für immer gegangen? Ist es wirklich so?

Ursina schaut sich nach Tigor um; er ist nirgends zu sehen – weiterhin wird er wohl Seevögel aufscheuchen und ihnen nachjagen, wenn sie auffliegen. Sie pfeift ihren Spezialpfiff, worauf Tigor auf dem Deich sehr weit vorne auftaucht, angerannt kommt und sich mit hechelnder Zunge vor sie hinsetzt.

Du und Lino, ihr mochtet euch.

Und doch, Lino hat dir nicht wirklich vertraut.

Hunden gegenüber sei er skeptisch geworden, sagte er; die Treue des Hundes oder, wie Freud es nannte, die »hündisch unwandelbare Anhänglichkeit«, habe sich ihm als nicht zutreffend erwiesen; ein Wunschtraum des Menschen.

In Kanada, nach seinem ersten Herzinfarkt, als er sehr schwach war und lange brauchte, um wieder auf die Beine zu kommen, habe sich sein Hund von ihm mehr und mehr abgewandt und schließlich sich an die Frau gehalten, seine damalige Partnerin, die ihn pflegte; und als die ihn verließ, sei auch der Hund, zusammen mit ihr, gegangen. Sie ging, als ihr, der achtzehn Jahre Jüngeren, klar wurde, sie hatte in Lino einen Vater geliebt. Und nachdem sie, ihn pflegend, ihre Tochterpflicht abgegolten hatte, machte sie sich auf und davon, um endlich, wie sie sagte, ein unabhängiges, erwachsenes Leben zu beginnen – und ihn, den Alten, ließ sie zurück, allein, ohne Hund.

Seit damals habe er keinen Hund mehr gehabt, sagte Lino. Und auch mit keiner Frau mehr zusammengelebt.

Die erste Frau, Mutter seiner Kinder, hätte ihn reingelegt, vielleicht nicht bewusst, aber sie sagte, sie sei schwanger von ihm. Und natürlich habe er als anständiger Kerl gesagt: Dann heiraten wir eben – obwohl er gar nie heiraten wollte; und sich von der Frau eigentlich längst zu trennen vorhatte, was aber bedeutet hätte, die Arbeit auf dem Gestüt auch zu verlassen. Die Schwangerschaft stellte sich dann als Scheinschwangerschaft heraus, aber ein Mann hält sein Wort, habe er damals gedacht, und also geheiratet; und Kinder gezeugt, drei hintereinander, jedes Jahr eins.

Die Wintersonne steht schon sehr tief, und der Himmel, überzogen jetzt von Wolkengeriffel, ist rosa- und türkisfarben gestreift –

Gehen wir zurück, Tigor, lassen wir Lino nicht so lange allein!

Auf jenem Winterspaziergang vor einem Jahr – bis nach Schobüll waren sie gegangen, bis zur kleinen Kirche am Meer, und lasen auf den Grabsteinen die Namen, all die Hansens und Petersens und Hinrichsen! – sagte Lino: Hier zu liegen wär nicht schlecht, mit freiem Blick aufs Wasser, deichlos.

Und auf einem Grab die Christrosen: Wie schön, dass es Blumen gibt, die im Winter blühen! Ein wahres Wunder, dass die Natur Blumen blühen lassen kann, selbst wenn Schnee liegt; in ihrer großzügigen, üppigen Vielfalt kann sie, ohne Notwendigkeit, auch Blumen blühen lassen im Winter, spielerisch-zufällig.

Und das gegenseitige Versprechen dann: Christrosen aufs Grab für den, der zuerst stirbt, du oder ich.

Nach jenem Spaziergang war Lino so durchgefroren, dass sie ihm, zurück bei ihr im Haus, ein Bad richtete, zwei Schuss Rosmarinöl ins Wasser gab; und schließlich, als Lino sagte: jetzt fehlst nur noch du!, mit hineinstieg in die Wanne. Eng war es, aber sie lachten: Wie damals in Hamburg, als wir, verflochten ineinander, in der Wanne saßen, die nicht größer war als diese hier; aber wir waren jung und schlank und vor allem geschmeidiger als heute.

Schwacher Wind kommt auf, von Südwesten hat sich der Himmel nun ganz mit einem dünnen Wolkenschleier überzogen; das Wetter scheint zu drehen; die klirrende Kälte der vergangenen Tage und Nächte ist vorbei, und morgen, wer weiß, gibt es Regen.

Jener Traum aber –

An einem prangenden Sommermorgen, nach einer der letzten Nächte bei Lino, die Sonne, längst hinter der Birke hochgestiegen, schien ins Zimmer herein, beschien ihre alten nackten weißen Leiber, und Lino sagte, er habe geträumt, ob sie es hören wolle.

Sie sprang auf, zog den Vorhang vors Fenster; plötzlich kam sie sich so nackt vor, sie beide so nackt und so alt im grellen Morgenlicht; sie sagte: Jetzt ist es besser, jetzt erzähl!, und legte sich zurück neben ihn.

Ich habe geträumt, ich stehe an einem stark strömenden Fluss. Wir waren mit dem Auto unterwegs, ein bisschen wie früher auf unseren Griechenlandreisen, du und ich, oder vielleicht war es eine andere Frau, die dabei war, jedenfalls standen wir an einem stark strömenden Fluss, das Wasser gletschergrün, mit weiß schäumenden Wirbeln drauf. Eine Brücke gab es nicht, nur einen sehr schmalen Steg, oder war es eine Hängebrücke? Ob sie trägt, war allerdings fraglich. Dann die Idee, einfach reinzuspringen und hinüberzuschwimmen. Aber hatte ich die Badehose wirklich eingepackt? Und das Auto, stand es gut dort am Hang, waren die Bremsen richtig angezogen, so dass es nicht etwa die Böschung hinabrollte? So vieles war so unklar, während ich dort am Fluss stand und hin und her überlegte, ob ich hineinspringe ins strömende Wasser. Und beim Erzählen jetzt kommt mir die Erinnerung an den Rhein, damals in Basel: weißgrünes, strudelndes Wasser nach der Schneeschmelze; und in Köln, wir waren unterwegs zu Verwandten, kurz nach dem Krieg, die gesprengten Brücken, wie Gerippe lagen sie im Strom, der in der Nachmittagssonne glitzerte, dahinter im Gegenlicht der Dom –

Aber in deinem Traum, bist du denn schließlich in den grünen Fluss hineingesprungen?

Nein, eben nicht! Das ist es ja – mein Leben lang steh ich am Fluss, immer wieder, und kann mich nicht entschließen zu springen.

Ursina nimmt den Pfad hinab vom Deich, öffnet das Gartentor, schenkt dem kleinen Quittenbaum an der Südwand des Hauses im Vorbeigehen einen Blick und schließt die Haustür auf, zieht Stiefel und Mantel aus, füllt frisches Wasser in den Napf für Tigor und richtet ihm das Futter.

Ja, sie hatte sich entschieden, Lino ganz zu lieben, bedingungslos; mit all seiner Unentschlossenheit, seiner Unbestimmtheit, seinem Zögern, und mit seiner Sorge, ob er es schaffen würde zu springen, mit seiner Not und der Scham, dass er immer wieder nur steht und schaut und bedenkt, wie es wäre –

Endlich hatte sie geschafft, ihren eigenen Schmerz zur Seite zu schieben, wie einen Vorhang, und Lino dahinter erkannt, ganz und gar; blank und bloß sah sie den Jungen, den jungen Mann, den alten Mann, und auch das kleine Kind, einzeln und doch alle in einer Person, unplastisch transparent in Orange, Gelb und hellem Grün –

Und jetzt?

Ursina geht hinüber ins Zimmer, tritt an den Sarg heran –

Die geschenkte Koinzidenz: das also ist, was wir daraus gemacht haben?

Oder haben wir das einzig Wichtige im Leben vielleicht doch verspielt?

Was ist wichtig?

Von fern jetzt das Geräusch eines Autos – Tigor in der Diele drüben gibt heftig an.

Ursina blickt hinaus: auf der Straße dem Deich entlang nähert sich ein Auto.

Ich habe dich geliebt, Lino, auch wenn du es nicht hören konntest, ja, du warst die Liebe meines Lebens.

Aber meine Liebe, weder hielt sie dich zurück vor deinem endgültigen Weggang, noch ermöglichte sie dir den Sprung in den Fluss.

Knirschen von Autoreifen auf dem Kies hinter dem Haus.

Ursina geht in die Diele, beruhigt Tigor, streicht ihm über Kopf und Hals und redet ihm gut zu: Alles ist in Ordnung!

Autotüren werden geöffnet und wieder zugeschlagen. Schritte über den Kiesweg.

Ursina, mit einem Blick noch einmal zurück ins Zimmer:

Das also war es!

Wie schwer ihr fällt, es zu akzeptieren.

Lino, deine Kinder sind jetzt da!

Die Unwiederbringlichkeit, die Unumkehrbarkeit, die Endgültigkeit – ja, sie muss es tun jetzt, loslassen.

Ursina öffnet die Haustür.